平原

the
Plains

[澳大利亚] 杰拉尔德
陈正宇 ——

目 录

i 序

3 第一部
69 第二部
97 第三部

序
事物的平实感 ①

本·勒纳 ②

作为一个从小在北美大平原上的一个小州府城市长大的人，我从杰拉尔德·默南笔下一望无际的草原和毫无遮挡的天空里，辨认出了某个东西。他捕捉到了平原集单调与神秘于一身的矛盾性，其神秘正是由其单调产生的：细小的不同之处——一座小山丘、一小片突兀的野花——在一片雷同的景色中会显出格外强大的力量；如果它们出现在加利福尼亚绚丽多彩的自然景观中，或出现在纽约令人应接不暇的建筑空间里，将毫不起眼。有时，我父亲为了缓解长途驾车的疲惫，会把车停到公路的路肩上，然后我们会去路堑

---

① 本文篇名"The Plain Sense of Things"取自美国诗人华莱士·史蒂文斯的同名诗歌，"Plain"一词既有作为形容词的"平实的""明显的"等含义，也有作为名词的"平原"之意。
② Ben Lerner，美国诗人、小说家、评论家，出生于 1979 年。

上露出的石灰岩里寻找化石。那些名字令人惊叹的无脊椎动物（比如海百合、纺锤蜓等）留下的痕迹，只是证明曾被我的沿海亲戚们嘲笑的单调地貌其实蕴藏着奇珍异景的诸多证据之一。

在默南笔下那个既是也不是澳大利亚的世界里，平原人和他们的平原话语同样是为了隐藏某些东西——复杂的仪式、宇宙观、隐晦的激情、神秘的知识。平原人表面上的地方主义实际上是一种伪装：

"一位平原人不仅会声称自己对其他地区的生活方式一无所知，还乐于表现出自己的误解。最让外人恼火的是，他宁愿装出一副没有任何独特文化的样子，也不要让人觉得他的土地和生活方式从属于某个有着传染性品味或时尚的共同体。"

国际化的海岸都市让人没有任何想象的空间。对默南和平原人来说，这种昭然彰显于实际之中的丰富是一种贫瘠。在此，我要引用一篇可以说和《平原》算是远房表亲的短篇小说《土地交易》[①]里叙述者的一段话：

"几乎任何事都是可能的。在雷雨云背后住着的可能是任何一位神灵……可能之事几乎无限的范围只受到实际发生之事的限制。在某一意义上存在之事，绝不可能在另一意义上存在，这是不言而喻的。几乎任何事都是可能的，当然，除了实际发生之事。"

---

① "Land Deal"，默南早年的一篇短篇小说。

平原上的诗哲们（每个平原人都是诗哲）知道，平原作为一个整体是无法被认知的，因此充满了可能性。这是因为乍看之下"根本平平无奇的地方"，在你学会观察之后，最终会"显露出无数微妙的景色变化"。也是因为在这片平原背后，还有另一片平原（或许多平原），"总是不可见"，尽管"人们每天反复穿梭其间"。这本书讲述的是实际之物和可能之物间的相互作用，讲述一方是如何幽灵般纠缠着另一方的故事。

*

默南的句子是交织着沉闷与优美，以及平直与深刻的矛盾体。它们结合了一种近乎于冰冷的白描与一种极其细腻的抒情；它们既有就事论事的节制，又有诗意散漫的节奏，随着阅读的进行，前者常常会为后者让路。尽管有无数例子可以说明这点，但我们且以《平原》第二部分的这句话为例："我提到的这些学者里甚至没有人能够猜测，当他们最终打开那些在图书馆幽暗角落里沉睡着的书籍时，有多少缕午后的阳光已日复一日地将书页上光滑的墨迹蚕食、漂白。"

这个句子开头带着一种人类学家的腔调，一种客观的节制，但从"午后的阳光"开始，它转而带上了一种更为浪漫的口吻，并最终聚焦到书页的文字以及它们的质感上。这个句子的表达既平实又精细：随着句子层层推进，光影和视角细腻地展开变化。通过句子内部节奏的变换，最终达到一种诗意的韵味。默南笔下的平原人终身致力于"在一片单调的土地上从平淡无奇的日子里塑造出神话的实质"。而这正是默南所实现的，一次又一次，通过他那精雕细琢的句子，使平淡的文字随着长度的拉伸而带上诗意。

*

《平原》是一部带有"图说"[①]性质的小说，充满了对其他艺术作品的描述。小说的叙述者来自平原人所谓的"外澳大利亚"（"大陆贫瘠的边缘地带"），他决心要制作一部能捕捉到平原那难以捉摸的本质的电影，并准备将其命名为《内陆》。他的叙述中有很大一部分用来描述其他媒介如何试图创作出与这个地方相称的艺术品。比如有一幅叫《草帝国的衰亡》的画作，初看之下充满了"刻意有所偏差"的形状，"也不属于任何历史上已知的风格"，然而，只要你后退两步，就会看到"一幅关于植物和土壤的画"。还有类似《正午阳伞》这样的诗歌（隐约让人联想到华莱士·史蒂文斯[②]），想象了"另一片土地"，"既非从前的平原也非梦中所想"。还有这样一位作曲家，他为了"寻找与他

---

① Ekphrasis，西方古典修辞学术语，源自希腊文，指对视觉艺术作品的文学性描述或评论。
② Wallace Stevens（1879—1955），美国诗人。

所在地区特有的声音相对应的音乐",曾举办一场演出,这场演出在默南的笔下描绘得简直像是卡夫卡和约翰·凯奇[1]结合的产物:

"管弦乐队的成员们会分散在观众中间,彼此隔得远远的。每一种乐器的声音只有离它最近的少数人能听到。观众可以自由走动——可以安静也可以吵闹,随他们的意。有些人能够听到像是草叶摆动摩擦或昆虫扇动翅膀的清脆旋律。还有一小部分人甚至找到了某个位置,能同时听到多种乐器的声音。不过,大部分人什么也听不到。"

默南所描述的那些艺术作品是失败的作品。那位作曲家在回应评论家对其作品的批评时宣称,他的艺术"就是要让人们意识到,要理解平原的特质,哪怕只是来自平原的声音这样一个明显的特质,也是不可能的"。然而,他仍希望能通过他的实验捕捉到"一丝整体的声音"。对这位作曲家来说,对默南和他的叙述者来说,任何严肃的作品在变成实际之物的瞬间,捕捉可能之物的尝试便失败了;那种失败本身却能指向,或者说能些许暗示出,那虽无法呈现却同样真实的看不见的拓扑[2]。叙述者那部无法实现的电影之所以还能有些许迹象留存,也只是因为其坍塌进了这部小说。

---

[1] John Cage(1912—1992),美国先锋派古典音乐作曲家。
[2] Topology,拓扑学,是研究几何图形或空间在连续改变形状后还能保持不变的一些性质的学科。

*

杰拉尔德·默南从未坐过飞机。他在近八十年的人生[①]中，几乎没怎么离开过维多利亚州。他身患嗅觉缺乏症，不过"患"这个说法可能并不准确，因为他说这强化了他对于颜色的体验，并给了他通感[②]的天赋。（"如果你和我说，"他曾在一次采访中表示，"今天下午丁香花的芬芳非常浓烈，那么我会看到空中飘散着丁香花色的水汽。"）用一种知觉去体验另一种知觉，把嗅觉转移到视觉平面上，是一种具象化的图说。也许，不断听人谈论一种你并不具备的知觉，会给你的世界增添更多的神秘，正如拒绝远行或许能让别处景色的诱惑得以永驻。

显然，默南感兴趣的是意识——感知和情绪——的哪些部分是可以分享的，哪些部分是绝对个人的私密领域。这一问题在他的作品中不断扩大，从一个人对另一个人能有多少了解，到集体，到民族——借用本尼迪克特·安德森[③]的著名说法，即所谓"想象的共同体"——的问题。尽管平原人喜欢"以一个唯有自己才能解释的地区的独居者的形象示人"，即所谓一人

[①] 杰拉尔德·默南出生于1939年，现已超过八十岁，"近八十年的人生"指的是本·勒纳写作此序时的情况。
[②] Synaesthesia，也叫"移觉"，指对一种感官的刺激作用却触发了另一种感官知觉的情况。
[③] Benedict Anderson（1936—2015），美国学者，以研究民族主义和国际关系闻名，著有《想象的共同体》一书。

一国，但他们对艺术、装饰、建筑和历史档案的持续争论，他们的彼此争斗和体育竞技，他们对将自己与"外澳大利亚"加以区分的重视，暴露了他们对构建和争夺集体虚构的痴迷。"澳大利亚"是默南的至高虚构[①]之名，代表了这样一个理念，即他的私人景色或许有一天能以某种方式与他的同胞们的景色相符，或者至少能让他们得以瞥见，而不必被扭曲为仅仅是"品味或时尚"，以标准化为代价去获取共性。《平原》既是小说也是散文诗，它是这个"澳大利亚"的内陆，是默南的心田，是可能性之地，在那里，"物之不可见，只是因其被照得过亮"。

[①] "至高虚构"的说法源自华莱士·史蒂文斯的诗作 Notes Toward a Supreme Fiction，《最高虚构笔记》（华东师范大学出版社，2009年3月出版）的译者之一陈东飚后来曾表示，"朝向一个至高虚构的笔记"是对其更准确的译法。

我们总算发现了一个已经做好准备迎接文明人的地方……

——托马斯·利文斯顿·米切尔[①]
《前往东澳大利亚内陆的三次探险考察》

---

① Thomas Livingstone Mitchell（1792—1855），苏格兰探险家，曾受命担任新南威尔士地区的测绘总长。

第一部

二十年前，在初抵平原之时，我睁大了眼睛。我在平原景色的表象下寻找一切似乎暗含深意之物。

我的平原之旅远没有我后来描述的那么艰苦。我甚至不能说，在某个时刻我知道自己已经离开了澳大利亚。但我清楚地记得，有那么连续的几天，我周围平坦的土地愈发显得是一个只有我能阐明的地方。

那些日子里，我穿越的平原不尽相同。有时我望见一片广阔的浅谷，有着零星散落的树木和怡然自得的牛群，谷地中央或许还有一条细流。有时，在一大片让人完全不抱希望的区域尽头，会有一条显然像是通往一座山丘的道路，直到我发现眼前只是另一片平原，平坦、荒芜、令人却步。

某天下午，在抵达一个大镇子后，我注意到了某种独特的说话方式和穿着风格，这让我相信自己已走得够远。虽然那里的人并不完全是我期待在偏远的内陆地区找到的那种独特的平原人，但想到前方还有更多我尚未穿越的平原，我已知足。

那天深夜，我在镇上最大的酒店的三楼靠窗站着。我的目光越过有规律地排列着的街灯，望向远处黑暗的乡野。一阵暖风从北方拂面而来。我俯身迎向从附近草原吹来的空气。我调整着脸上的表情，试图传达出多种强烈的情绪。我低声说了些电影里的人物在意识到自己找到了归属之地时可能会说的话。接着我走回屋内，并坐到了专门为我准备的书桌旁。

几小时前，我已取出了手提箱中的行李。现在我的桌子上堆满了一摞摞的信纸、一盒盒的卡片和各种各样的书，书页之间还夹着带有编号的标签。最上面摆着的是一本中等大小的分类手账，上面写着：

《内陆》

（电影剧本）

背景说明和灵感材料

目录的总钥匙

我取出一个很大的文件夹，上面标着"零散的想法——尚未列入目录"，开始在里面写道：

"这里没人知道我是谁以及要来这里做什么。想到所有那些睡梦中的平原人（他们住在白色挡风板搭建的占地宽广的大房子里，屋顶则由刷着红漆的铁板组成,巨大的旱地花园里长满了胡椒树、异叶瓶树和成排的柽柳)里,竟没有一个曾见过我即将揭示的平原景色,这着实有些奇怪。"

接下来的一天,我是在酒店一楼迷宫般的酒廊和酒吧雅座区里度过的。整个上午,我都独自坐在一把很深的扶手皮椅上,凝视着紧闭的活动百叶窗边漏进的令人难以忍受的阳光,窗外便是主大街。这是初夏的一个万里无云的日子,早晨强烈的阳光甚至照到了酒店宽敞的游廊上。

有时我会微微仰起脸,去接收悬在头顶的风扇吹来的凉风,在望向玻璃杯上正在凝结的水汽时,我会带着赞许之情想到平原上肆虐的极端天气。夏日的阳光不受丘陵或大山的限制,从黎明到日落,占据了整片平原大地。到了冬天,风雨横扫过广袤的旷野,屈指可数的可供人或动物遮阴蔽雨的树木几乎毫无招架之力。我知道这世界上有一些大平原会被积雪覆盖数月,但我很高兴自己的地区不在此列。相较于被其他元素包裹的虚假的山丘或洼地,我实在更喜欢一年到头都能看见大地的原本面目。不管怎样,我认为雪(那是我从未见过的)从文化上说太欧美了,并不适合我自己的地区。

那天下午,我选择加入了其中一群从主大街上走过来并在宽广的吧台旁各自习惯的位置坐下的人。那一群人看上去包括知识分子以及熟知本地历史和传说的人。我从他们的衣着和举止上判断,他们既不是牧羊人，也不是放牛人，尽管他们可能常常在户外活动。其中有几位可能来自大庄园主家庭，并且是家中较为年幼的儿子。（平原人的富足都源自他们的土地。每个城镇，不论大小，都被周围大庄园里那深不见底的财富支撑着。）他们都穿着平原上有教养的有闲阶级的服饰——裤线笔直的素灰色西裤，一尘不染的白衬衫，上面配着相称的领带夹和袖章。

我渴望被这些人接受，并为他们可能对我提出的任何考验做好准备。然而，我几乎不指望借助自己在平原上读过的书。尽管无论我提到哪本书，平原人都可能读过，但引经据典有悖于他们聚会的精神。也许是因为平原人仍觉得自己被澳大利亚包围着，他们更愿意把阅读看作一种私人活动，一种虽可用于维系他们的公共交往，但会让他们难免陷入某项公认的传统的活动。

然而，这个传统是什么呢？听着这些平原人的对话，我不免心生困惑，觉得他们不希望有什么共同的信念可以依靠：如果有人似乎认为自己对整个平原的理解是正确的，其余的人都会感到不适。仿佛每个平原人都选择了以一个唯有自己才能解释的地区的独居者的形象示人。甚至当一个人说起他自己的平原时，他的遣词造句，哪怕是最简单的词句，也绝非来自通行的说法，而是被他以特别的用法赋予了特别的含义。

在我们初识的那天下午，我发现有时所谓的平原人的傲慢，不过是因为他们不愿意承认自己和其他人之间的共同点。这与当时澳大利亚人强调自己与其他文化间的共性的普遍主张背道而驰（平原人自己对此也很清楚）。一位平原人不仅会声称自己对其他地区的生活方式一无所知，还乐于表现出自己的误解。最让外人恼火的是，他宁愿装出一副没有任何独特文化的样子，也不要让人觉得他的土地和生活方式从属于某个有着传染性品味或时尚的共同体。

*

我始终待在酒店里，但几乎每天都和一群新的人一起喝酒。尽管我做了很多笔记，起草了计划和提纲，但仍远未能确定我的电影要展示什么。我猜自己哪天得从某位自信满满的平原人那里才能获得那种突如其来的决心，而那种胸有成竹之感也只能产生在他刚刚完成了足以与我的作品媲美的电影或小说的笔记之后。

那时，我已经开始能在我遇到的平原人面前畅所欲言了。有些人在透露自己的故事之前会想先听听我的故事，而我对此也有所准备。他们可能不知道，我已经准备好在他们镇上的图书馆和美术馆里潜心学习几个月，以证明我不仅仅是一个游客或观光客。不过在酒店住了几天后，我还是编了一个很好使的故事。

我和平原人说我在旅行，这话倒也不假。我没有告诉他们我是沿着哪条路线来到他们的城镇，也没说我离开时要去向何方。他们将在《内陆》以电影的形式出现在他们面前时知道真相。与此同时，我让他们相信我的旅程始于平原的一个遥远角落。正如我希望的那样，没有人对我提出质疑，甚至没人声称自己知道我所说的那个地区。平原是如此辽阔，没有哪个平原人会因为平原上有自己从未见过的某个区域而感到吃惊。更何况，内陆深处的许多地区还存在争议——它们到底属不属于平原？人们从未就平原的真实范围达成一致。

我给他们讲了一个几乎没有提及发生了什么，或者实现了什么的故事。外人可能会不得要领，但平原人能懂。这是他们自己的小说家、剧作家和诗人会喜欢的那种故事。平原上的读者和观众很少被情感的迸发、激烈的冲突或突发的灾难所打动。他们认为，呈现这类事物的艺术家不过是被人群的嘈杂声，或被平原之外的那个世界，那个被透视法缩小了的世界里，过于丰富的表象迷惑了。无论在生活还是艺术中，平原人的英雄都会是这样一个人，他在过去的三十年里每天下午回到不起眼的家中，房子的草坪平整、灌木萎蔫，他会一直在家坐到深夜，试图决定一条他可以沿着走三十年的旅行路线，那条路线最终将抵达他坐着的地方——或者那样一个人，他从不敢走上任何一条会偏离他那孤立一隅的农舍的道路，因为他怕站在别人的视角遥望自己的农舍时，他会认不出那个地方。

有历史学家认为，平原本身的现象是造成平原人和澳大利亚人之间文化差异的主要原因。对平原的探索是平原人历史上的主要事件。初看似乎根本平平无奇的地方，最终会显露出无数微妙的景色变化和大量不易察觉的野生动植物。在试图欣赏和描述他们的发现时，平原人变得异常敏锐和有辨别力，并善于循序渐进地揭示事物的意义。后来的平原人对生活和艺术的态度，正如他们的先人在面对渐渐隐入薄雾的草原时那样：他们把世界本身看作无尽的平原中的一个。

*

一天下午，我注意到我最喜欢的那个酒吧雅座区里有一种微妙的紧张气氛。我的酒伴中有几位压低了声音。其他人说话时则带着某种不安的尖锐，仿佛希望被远处的房间听到。我意识到，考验自己平原人身份的日子到了。一些大庄园主来镇上了，有几位甚至当时就住在这家酒店里。

我尽量不让自己显出焦躁不安的样子，并密切地注视着我的同伴。他们大都也急切渴望着能被传见进远处的酒廊包厢里，去同他们想要寻找的赞助人进行简短的面谈。但我的同伴们知道，他们可能要等到日落，甚至午夜。庄园主们在偶尔来访时，对镇上居民的作息时间毫不在意。他们喜欢在清晨处理商业事宜，然后午饭前在他们最喜欢的酒廊包厢里安顿下来，并会在那里一直待到不想待为止。他们会纵情豪饮，并在无法预料的时间点上一些小食或整餐。他们大多会待到第二天早晨甚至下午,而每次最多只会有一个人在椅子上打瞌睡,其他人则会彼此交谈或与镇上来的请愿者面谈。

我按照惯例请一位镇上居民帮我把名字报上去,那人刚好被早早叫到了。接着,我打听了我所能了解到的有关包厢里那些人的事,并好奇他们中哪一位会愿意把自己的一部分财产,甚至可能还有他的女儿交到我的手中,让自己的庄园成为那部将把平原呈现在世界面前的电影的取景地。

整个下午我都很少喝酒,并在每一面映入眼帘的镜子前检查自己的外表。唯一让我担心的是我敞开的白衬衫领口上系着的佩斯利花纹丝绸领巾。我所知的每一条时尚法则都告诉我,一个人的脖子上有一条领巾,表明他富有、优雅、敏感且拥有充足的闲暇。但我突然意识到,很少有平原人系领巾。我只希望庄园主们能从我的穿着中看出那种有眼力的平原人所钟爱的悖论。我穿戴了某件被认为代表了不受待见的首府文化的衣饰——只是为了让自己与其他请愿者显出一点不同,并且表达一种态度,即任何有苗头成为流行时尚的方式,哪怕再正当,也应该在平原上加以避免。

当我在厕所的镜子前抚摸着深红色佩斯利丝绸领巾时,我看到了自己左手上戴的两枚饰戒,这时才又感到了安心。每枚戒指上都镶嵌着一块显眼的半宝石,一块是朦胧的蓝绿色,另一块是柔和的黄色。这是两块我叫不出名字的宝石,并且是在墨尔本——一个我宁愿忘记的城市——生产的，我选择这两种颜色是因为它们对平原人有着特殊的含义。

我对后来被称为"地平线派"和"野兔派"的两个派系的冲突略有所知。我买戒指时便已知道，如今人们已不再出于派系精神去穿戴这两种颜色。但我曾期待得知，那些对过去的激烈争端感到后悔的平原人有时也会偏爱其中的一种颜色。当我发现通行的做法是绝不单戴一种颜色，而是要两种一起戴，并且尽可能将两种颜色交织在一起时，我便将两枚戒指戴在了不同的手指上，并再未将其取下。

我打算以一个来自平原边缘地带的人的身份，向庄园主们介绍自己。他们可能会对我佩戴这两种颜色加以评论，并问我，那场著名的争论在我那遥远的家乡还留有怎样的痕迹。如果他们问了，我可以给他们讲述任何一个我听过的有关那场古老争论的遗留影响的故事。因为那时我已知道，最初的争论以无数变体的形式留存了下来。几乎所有对立的辩论观点，无论是公是私，都可以被贴上"地平线派"或"野兔派"的标签。平原人身上几乎所有的二元对立，在与蓝绿色和淡金色这两种色调联系在一起后，似乎马上就容易理解了。而每个平原人都能记得儿时那个叫"长毛怪与走地鬼"的游戏。游戏会持续一整天，人们疯狂追赶着一直到跑进围场深处，或者躲在高高的草地里那些并不牢靠的藏身之处。

如果庄园主们想和我详细聊聊"颜色的事"（这是

对过去一个世纪里所有那些复杂斗争的现代叫法），我也大可以向他们提出我自己对如何解释这场著名冲突的奇思怪想。到了下午晚些时候，我已不再那么迫切地想向他们表明，我和他们的思考方式有多么接近。也许向他们证明我高超的想象力，也是同样重要的。

这时临街的门被推开，一群新的平原人从耀眼的阳光中走了进来。他们已经完成了下午的工作，开始在酒吧里安坐下来，继续他们的终身任务：在一片单调的土地上，从平淡无奇的日子里塑造出神话的实质。我突然感到一阵欣喜，因为我不知道平原的历史里——甚至我自己的历史里——有哪些是可以被证实的。我甚至开始好奇，庄园主们是否会更希望我作为一个对平原抱有误解的人，出现在他们面前。

*

那天我在酒吧雅座区里等了一整天，同时了解到了庄园主们反复无常的特性。一位镇上居民带着几捆手写体的一系列设计样品进去见他们。他想做第一个出版那些仍保存在各大家族府邸里的亲笔日记和信件的人。有几位庄园主似乎表现出了兴趣。但这个人在回答他们的提问时，显得太过谨慎和保守。他向他们保证，他找的编辑在收录任何可能引起丑闻的资料之前，都会先征求他们的意见。这不是那些大人物想听到的。他们并不担心自己家族的愚蠢行为会被整个平原的人知道。当那位出版人一开始陈述他的计划时，每位庄园主想到的都是，自己家族的大量历史档案带着名贵的装帧和家族徽章，年复一年地被出版发行。但项目规划人关于审核、删改的那些话，突然让他们对一本接一本的文集在想象中的书架上稳步堆积的画面感到意兴阑珊。至少那人后来和我聊起他的失败时是这么猜测的。就在他已经悄悄收起自己的纸张和字体样本并离开房间以后，庄园主们还在毫不含糊地试图计算出，要花多少人的一生去收集、阅读、理解那些文本，才能判定一个喜欢（正如他们每个人都必定会喜欢的那样）把每一份暗示了自己人生中绝大部分日夜都生活其中的那个不为人所见的广阔地带的文件，哪怕是最简短、潦草的笔记，都塞进抽屉、箱子和文件柜的人一生的意义。

但有一位跟在出版人后面走进酒廊包厢的镇上居民出来后，悄声表示自己的未来有保障了。他本是一位无法靠自己的专业兴趣谋生的年轻人。他研究了平原上那些大家族的家具陈设、室内设计和织物面料的历史。他的大部分研究工作都是在博物馆和公共图书馆里完成的，但他最近提出了一个理论，这个理论只能通过走访那些在同一屋檐下保留了几代人的品味和偏好的府邸才能加以验证。按我的理解，该理论的主要主张是，平原上的第一代庄园主喜欢复杂的设计和丰富的装饰，这似乎是为了与他们家周围质朴、荒芜的景色形成对比，而后来的几代人之所以选择更简单的装饰，是因为外面的平原已经被道路、栅栏和种植园打上了种种印记。但这一原则在实行过程中总会被另外两个原则所影响：首先，是在早先时期，那时一所房子越靠近平原的中心，或者说，越远离第一批平原居民的沿海家乡，它的装修就会越精致；接着，是在晚近时代，这一原则又发生了逆转，也就是说，这时越靠近平原中心的房子，也就是那些曾被认为是偏远但现在被认为是更靠近某种理想中的文化源头的房子，它们的装修越不那么狂热，而那些靠近平原边缘的房子则会被布置得十分精致，仿佛是要弥补房子的主人在不远的平原之外的土地上感受到的荒凉。

那位年轻人在午夜刚过时，向庄园主们解释了自己的理论。他在提出这个理论时曾面露迟疑，并曾提醒过他们，这个理论只有在平原上各地区的大家族里进行长达数月的实地研究之后，才可能被证实。但庄园主们对此都很满意。其中一位起身表示，这个理论也许能证明他的一个预感是有道理的，那是每当他深夜独自穿过自家幽深的长廊，穿行在无比宽广的大厅时会产生的一个念头。每当那时，他都会隐约感到，每一幅画、每一尊雕像、每一个柜子、每一件摆放着的银器和瓷器，甚至压在布满灰尘的玻璃底下的那些蝴蝶、贝壳和花朵，它们的样子和确切的位置都是由某些伟大时刻的力量决定的。他把家中数不清的那些物品看作某个看不见的、极其复杂的坐标图上少数几个可以看见的点。当这种感觉异常强烈时，他会凝视着挂毯上反复出现的图案，仿佛在阅读一个距离他的时代很久远的故事，那个故事发生在连续的数天或数年时间里，或者他会凝视着一盏枝形吊灯发出的繁丽光辉，并去猜想自己几乎没有印象的某些人记忆中存在过的阳光。

接着这位庄园主开始描述夜深人静之时，他在房子更偏僻的一些角落里曾感受到的影响。有时他会感到一种失败了的力量——一种差点就可以存在的历史——仍旧阴魂不散。他发现自己正在角落里寻找那些从未能缔结的婚姻里不曾降生过的孩子们最爱的物件。

但他的同伴们纷纷让他不要再说了。他说的这些和那位年轻人——他们那位敏锐的文化历史学家，说的不是一回事。接着第二位庄园主提出了一种方法，表示可以给那位年轻人描述的每一种影响因素分配一个数值，再通过这位庄园主所谓的"某种浮动计算法"，将繁荣年份对萧条时期的压倒性影响加以矫正，最终设计出一个公式，可以"得出"（还是他的原话）平原真正的、本质的风格——那将是一个不同地点、不同时间曾有过的所有变体的黄金均值。

就在第二位庄园主说话的时候，另一位庄园主派人去拿了几张方格纸和一盒削得很细的彩色铅笔。他向第二位庄园主表示，他的黄金均值不过是一个苍白的平均数，而那位年轻人的理论的伟大价值不在于它可以用来计算出某一种传统风格，而在于它使得每个家族都可以绘制自己的坐标图，展现出使其独具一格的所有文化坐标。接着他收拾出一张桌子，叫那位年轻人帮他绘制他的坐标图。

那位年轻人后来告诉我，接下来的几个小时是他一生中最满足的时刻。除了某一个庄园主，其余的庄园主都派人去拿了纸和铅笔，并在散落着烟灰缸、玻璃杯和空瓶子的地上坐下，开始绘制由彩色线条构成的坐标图，这些图表或许能揭示出一个半世纪以来的冲动和古怪的混乱表象下隐藏着的未曾有人料想过的和谐。他们很快达成共识：每种颜色在他们的坐标图上代表的文化向量应该一致。凡有争议的地方，他们都交给那位年轻人裁决。即便如此，他们绘制出的图案依然五花八门，让人惊叹。随着时间的推移，一些人停下了他们的计算，开始设计更简单的、并非完全写实性的模型，或将存疑的因素简化为象征图案。他们就逐渐变化的颜色议论了好一会儿，直到有人去过道上看了两眼后回来向大家宣布，一个晴朗的黎明正在平原上方升起。

他们放下手中的铅笔，给自己新倒了一轮酒，接着表示要不惜重金聘请那位年轻人担任他们的时尚史顾问。但他很抱歉地告诉他们，在他们忙着绘制图表的时候，那位犹豫着没有动笔的庄园主已经任命他为常驻设计史学家，并聘其担任自己家族的品味顾问——带有终身职位、高得离谱的薪金，再加每年一笔私人研究及旅行用的津贴。

这位庄园主对绘制过去曾影响了他的家族品味的图表并没有那么感兴趣。但他突然看到了这样一种可能性：他可以雇用这位年轻人，把每一种如今受到认可的想法和受人尊敬的理论，每一样从过去流传下来的传统和偏好，以及每一个对未来变化的预测，都按照当下人们认为其具有的价值加以分离和量化；给家族传说、本地习俗以及其他任何足以让一个家族区分于另一个家族的因素都分配一个适当的权重；允许当今这一代人在选择上表现出一定限度的心血来潮和反复无常；最终得出一个公式，使这位庄园主和他的家族能决定多少数量以及怎样的绘画作品、家具布置、配色方案、餐桌摆设、书籍装订、园艺造型及服装搭配最有可能达到那样一种优雅的标准，以至于其他家族在他们自己的时尚公式里必须将其作为常量纳入考虑。

那位年轻人讲完故事便回家醒酒了。我匆匆吃了早餐，继续想着地平线派和野兔派的事。那位年轻设计师的成功给了我信心，让我觉得和庄园主们打交道时可以大胆一些。在意识到自己不太可能在午饭前被叫去见他们以后，我调整了一下捧着玻璃杯的那只手的姿势，然后盯着手指上的两块宝石看了一会儿。在我身后的墙上，一个电灯泡还亮着。光线透过我的啤酒（那是平原上酿造的九种啤酒里最黑的那一种）投下扩散开的光晕，似乎使两块宝石中较为鲜艳的某些色调变得柔和了一些。它们本质的颜色还在，但麦芽啤酒发出的微光使它们之间的对比减弱了。

我突然想到，自己能以这样一种形象出现在庄园主们面前：一个注定要在我的生活中，或者，最好是在我的电影中，将因蓝绿派和古金派的古老冲突而产生的矛盾主题加以调和的人。这时，仿佛是要鼓励我的事业，一声响亮但不失体面的喝彩从远处的房间里传来：伟人们正在那里开始他们第二天的活动。

*

我曾听说，在纷争的某个阶段，曾有成群的男人被武装起来，并在一些庄园的围场里进行操练。但这整件事竟始于一份措辞谨慎的宣言，是由一群不知名的诗人和画家签署发表的。我甚至不知道宣言是哪一年发表的，只知道这件事发生在平原地区的艺术家们最终决定拒绝将"澳大利亚的"一词用于描述他们的作品以及他们自己的那十年间。正是在那些年里，平原人开始普遍使用"外澳大利亚"一词来指代这片大陆贫瘠的边缘地带。那是一个激动人心的时期，也正是在这个时期，平原人开始承认，他们独特的表现形式只适用于他们自己。就外人所知，平原上的这些诗人、音乐家和画家可能从未存在过，外人眼中这片无趣的澳大利亚内陆也不曾有独特的文化留存。

那段时期曾有一个以某位诗人为中心聚集的小团体。那位诗人出版的第一本诗集叫《终究还是地平线》，书名来自书中最引人注目的一首诗。他的诗歌本身从未被贴上"衍生品"的标签，但诗人和他的小团体经常聚集在一家提供某种葡萄酒（大多数平原人天生厌恶这种酒）的酒吧里并过于响亮地讨论美学这件事，着实冒犯了许多人。他们会把一条蓝色的丝带和一条绿色的丝带交织系在一起，作为他们的身份标记。后来，在几经搜寻后，他们终于找到一种染成蓝绿色的布料，这是一种相当独特的蓝绿色，他们将布料剪成一条条丝带，那便是著名的"一抹地平线"的颜色由来。

　　这帮人最初提出的主张，几乎湮没在后来归在他们身上的一大堆学说、诫命以及所谓的哲学之中。他们很可能只是想刺激平原上的知识分子，让他们用形而上学的术语来定义以前用情绪或感性语言表达的东西。（在我看来，这似乎是对我听闻之事的最佳概括，尽管我一直很难理解什么是形而上学。）显然，他们对平原抱有艺术家和诗人们经常宣称自己抱有的那种热烈的爱。然而，读过他们的诗或看过他们的画的人，很少能看到对平原上真实存在的地方的描绘。这帮人似乎是在坚称，相较于辽阔的草原和广袤的天空，在最遥远的陆地和天空交汇处那层若隐若现的薄雾更能打动他们。

　　当然，这帮人也面临着质疑，并被要求做出解释。他们在回应时，仿佛他们所说的那层蓝绿色薄雾本身便是一片土地——或者说，是一片属于未来的平原，那里的人们过的那种生活，对诗人只能写诗、画家只能作画的平原地区来说，可能只存在于假想的可能性之中。批评者们随即指责道，这帮人为了完全虚幻的景象而抛弃了真正的平原。但这帮人反驳说，那层薄雾如同平原上的土壤和云朵一样，也是平原的一部分。他们之所以崇敬自己出生的这片土地，正是因为它的边界总笼罩着那层蓝绿色的薄雾，驱使他们去梦想另一片平原。大部分批评者认为这种说法纯属刻意逃避，并从那时起选择忽视这帮人。

但不久后，另一帮似乎同样热衷于引发批评的艺术家的出现，使争议又持续了下去。这帮人展出了一屋子题材新颖的画作。在许多类似的作品中，令人印象最深刻的是《草帝国的衰亡》。乍一看，它似乎只是一幅详细描绘了一小块本地草场的习作，那可能是平原无数牧场上的任何一小块几平方米的草地，但人们很快就开始从那些被践踏的花茎、残损的枝叶和断落的细小花朵中，发现了与平原毫不相干的一些东西的形状。

许多形状似乎是刻意有所偏差，即使是那些最接近于表现了建筑废墟或废弃文物的形状，也不属于任何历史上已知的风格。但是评论家们可以在画上指出某些局部，它们描绘了一个宏大的荒凉景象——再后退两步，看到的就又是一幅关于植物和土壤的画。画家本人则鼓励人们去寻找破碎的柱廊和在没有屋顶的墙上飘扬的挂毯。在他唯一发表过的一段有关这幅画的书面描述中（他在之后数年里曾反复试图纠正这一简短的描述），他声称这幅画的灵感来自他对某种小型有袋动物的研究。这种动物在平原人给它们起一个常用名之前，便已从栖息地消失了。这位画家使用的是它们拗口的学名，但在辩论过程中，有人（不准确地）将其称为平原野兔，这个名字便一直流传下来。

这位画家研究了探险家和早期博物学家日记中的一些文字，以及平原博物馆里的一个填充标本。观测者们曾表示，这种动物会将自己摊平在草地里来藏身。早期的定居者们曾毫无顾忌地走上前去，拿棍棒敲死了成百上千只这种动物，只为了它们那勉强能用的皮毛。这种动物不会逃跑，而是似乎直到最后一刻都还相信自己身上的颜色——那和平原上无处不在的暗金色相同的颜色——会保护自己。

这位画家表示，他在这个几乎被遗忘的物种的愚顽中发现了重大意义。它们的近亲物种都属于穴居动物。它们本可以用自己有力的爪子挖掘出宽敞隐蔽的地道——它们的近亲物种正是通过这些地道保护了自己的安全。但它们非要依靠周围贫瘠的环境来寻求安全，非要把平原上浅浅的那层草地视为抵御入侵者的堡垒。

提出这些主张的人坚持表示，自己可不只是一位呼吁寻回消失的野生动物的大自然爱好者。他想让平原上的人们用另一种眼光去看待他们的土地；像一个没有其他庇护之地的人那样，去寻回平原的应许，乃至平原的神秘。他和他的画家同人会帮助他们。这群人完全排斥所谓的远方薄雾的吸引力。他们誓要在家乡那饱经风霜的金色之中，找到宏大的主题。

他们的主张并不比之前那份主张"地平线的艺术"的宣言更为人所接受。对这些画家最早的抨击，说他们这是在随意创造与平原的核心精神无关的主题。还有批评者预测，这一画家群体将会像给他们灵感的那个可怜物种一样迅速消亡。但画家们开始佩戴上暗金色的丝带，并与佩戴蓝绿色丝带的那群人展开辩论。

这场争端本可能很快被互相争斗的两派人以外的所有人遗忘。但当第三派人试图通过抨击蓝绿派和古金派来推广自己的观点时，这场争端又吸引了更广泛的关注。第三派人编造了一套如此古怪的艺术理论，以至于连最宽容的平原人都被激怒了。即使是在日报上撰文的外行人士，也将这一理论视为对平原的宝贵文化基底的威胁。蓝绿派和古金派则放下分歧，并与他们以前的批评者以及各种艺术家和作家们一起谴责这种新的谬论。

他们最终以一个简单的理由打倒了这个理论，那就是这一理论来源于外澳大利亚的流行思想。平原人并不总是反对借用和引进的行为，但在文化方面，他们已开始对沿海城市和潮湿山区的那些野蛮邻居嗤之以鼻。当那些比较敏锐的平原人使公众相信，这个最新的派别借鉴的是最糟糕的外来观念的大杂烩时，那些受到鄙夷的派别成员选择了越过大分水岭，而不愿再忍受所有有思想的平原人的敌意。

随后，由于这个声名狼藉的派别最初曾用他们的理论攻击蓝绿派和古金派，这两个派别在一段时间内享有了大众对艺术家通常怀有的那种善意。正如一位评论家（用那一时期浮夸的文字）曾提醒公众的那样："他们的观念对我们来说可能并不比以前更能接受。但我们认识到，这些观念从根本上是受到了我们无与伦比的景色的启发，因此，它们与我们所珍视的伟大神话的主体是有联系的，无论这联系多么微弱。与我们近来从平原上驱逐的谬论——那种认为艺术家要关注物质财富的分配或政府的运作，或假借'自由'这一万能通行证的名义将人们从道德的约束中解放出来的似是而非的观点——相比，他们提出的理论似乎不无道理。"

然而，正如我从借阅的书籍里和在酒吧的长谈中所得知的，公众很快就厌倦了艺术家之间的争吵。在许多年里，这两种敌对的理论没有引起任何人的兴趣，除了少数在酒吧后台弯腰驼背地喝着酸葡萄酒或在劣等画廊的开幕之夜向泛泛之交们高谈阔论的顽固分子。

可是，在一些人喜欢称为"第二次大探索时代"的那些年里，又出现了两派人，他们以被人称为"地平线派"和"野兔派"而自豪。那两种颜色又出现了——不只是出现在纽扣孔上，还出现在公共游行队伍前方花里胡哨的丝绸横幅上，以及门柱上悬挂的手绘三角旗上。那时的争论和诗歌或绘画并无多少关系。

地平线派宣称自己是实干家。他们称自己为真正的平原人，准备将牧场的边界拓展至长期被忽视的地区。野兔派则坚称自己才是务实的那一派，并称与对手移民荒漠的宏伟计划相比，他们对近在身旁的定居点的那些方案才是现实的。

又过了三十年，那两种颜色开始普遍出现在房地产经纪人和小企业主小心翼翼佩戴的小珐琅别针上。这是当地政府的两个主要政党的徽章。蓝绿色代表"进步重商党"，其政策是建立新的产业，并在平原和各大首府城市之间修建铁路。金色则是"平原优先联盟"的颜色，他们的口号是"购买本地货"。

当时的庄园主大都远离政治。然而人们注意到，每当马球赛季行将结束，当人们从几十个较小的协会和联盟中选出两支拼凑的球队进行比拼时，自称"中平原"的球队在与代表"外平原"的球队比赛时，总是穿着某种黄色的队服。而在官方赛事介绍中，外平原队的队服则被描述为"海绿色"，尽管大海在五百英里之外。

我和那些幼年时曾站在人群中观看马球比赛的男人聊过。他们中的一些人回过头来想起了一些奇怪的话，而这些话能表明他们的父亲知道空气中隐藏着什么。但这些人确信自己儿时并没有在激烈的颜色冲突中看到任何凶险之兆。一位蓝绿阵营的队员可能冲出了重围，正独自向远方的球门奔袭而去。一群金色阵营的队员可能正对他展开追逐并步步紧逼。他们低伏在飞舞的鬃毛上，那向前倾去的身姿预示着来者不善。但这一切看上去仍不过只是马球比赛：平原人方言中的许多修辞手法都来源于这项传统运动里的术语。

现在他们知道了，他们对我说道，那些年是平原上的一段宁静岁月。骑手们身穿的那两种颜色无时无刻不在暗示着尘土飞扬的田野里即将出现的图案。在高高的头顶上空，平原上无数的云朵也正在形成巨大但同样躁动的图案。密密麻麻的人群站在那里，几乎鸦雀无声（平原上的人群总是如此，空旷的大地上少有回声，即便是最大声的呼喊，紧跟着的也可能是突兀的、令人不安的寂静）。面对本应铭记的场景，孩子们以为自己看到的只是平原上最优秀的骑手之间并无恶意的竞争。

平原人至今仍厌恶"秘密社团"这个词，但在我看来，也只有这个词能用来表示数年来在马球俱乐部，也许还有骑师俱乐部、各类体育联盟以及步枪手协会中发展起来的两个秘密活动团体。领导者的身份从未能被确认。在遥远庄园的偏僻角落里训练的骑手和狙击手们只能见到他们的直属长官。甚至那些在镶有护墙板的客厅的丝绸旗帜（设计新颖但总带有那两种著名颜色中的一种）下会面的三四个委员之间都不会显露出明显的尊卑，尽管他们内部已经秘密选出了一个领导人。

几乎可以肯定的是，两个社团一开始有着同样的目标——突出平原地区有别于澳大利亚其他地区的特点。他们开始考虑让平原地区彻底获得政治独立的极端提议，一定是很多年后的事了。但两派中更为激进的那些理论家最终还是不可避免地掌权了。"无限平原兄弟会"精心设计了一个计划，致力于将澳大利亚转变为一个政府位于内陆深处的邦联，邦联的文化将以平原地区为源头向外扩散。沿海地区将被视为边陲之地，纯正的澳大利亚习俗在那里会因与"旧世界"的接触而有所贬损。"中原人联盟"则只想建立一个独立的"平原共和国"，并在大分水岭沿线的每条公路和铁路线上设立有人驻守的边防哨所。

我一直认为，武装叛乱在平原人看来必定是一件多少有损人格的事。当我最初了解到平原的历史时，我对私人武装团体伪装成马球俱乐部的故事曾表示过怀疑。我在酒吧雅座区认识的那些朋友也无法向我提供多少证据。不管怎样，他们讲述的故事并未以激烈的战争告终。在某个潮湿的夏天，人们开始窃窃私语，说时候到了。那个夏天的暴风雨异常猛烈，就连空旷的大地似乎也被一种难以名状的紧张气氛笼罩着。接着便传来了平原地区已达成和解的消息。

传递这一消息的人里没人知道这个决定是在哪个府邸的哪座私人图书馆或哪间吸烟室里做出的。但那些听到消息的人意识到，在最古老的某座庄园的某个地方，某位伟大的平原人已不再能看见关于平原的某个愿景。在听到这个消息后，他们又回到了自己宁静的日常生活中。也许在空气中，他们注意到了即将到来的秋天那玻璃般透明的清澈。

此后的几年，每次盛大的年度马球比赛后都会发生野蛮的斗殴。一位曾在某个周六下午见证了自己父亲失去一只眼睛的男人在多年以后告诉我，这是平原人战斗的极限。他告诉我，让来自平原的军队在蓝绿色或金色的旗帜下行军并与外人交战这样的事，从来不可能发生。某位庄园主在他数英亩的寂静土地的中央，在郁郁葱葱的游廊背后，在他那摆满书籍的房间里，曾梦想着平原本该成为的样子。他曾和其他像他一样的人交谈。所有那些秘密社团的标志，那些重新唤起已被遗忘的争端的私印文章，那些交头接耳的军事行动计划——所有这些都是孤独的、受了蒙蔽的人所为。他们曾谈论如何把平原地区从澳大利亚分离出去，但他们自己早已被困在长满了草的巨大孤岛上，大陆早已遥不可及。

那位斗殴者的儿子告诉我，在马球场观众席背后和酒吧游廊上的所有打斗之中，那些从男人的外套上被撕扯下来或被他们攥在血淋淋的拳头里的颜色只代表了"中平原"和"外平原"这两个体育协会。对于我从别处听说的，还有第三个阵营掺和进了年度大赛中，并一头扎进激战正酣的战局，直到蓝绿阵营和金色阵营有时不得不联合起来对抗这第三阵营的故事，他表示一无所知。但我知道，一些地方协会后来曾短暂地联合起来，组成了一支名为"内澳大利亚"的球队，并选择了红色的队服，而那红色代表的是日出或日落，也可能是其他未明确说明的东西。

我很好奇，这些鲜为人知的运动员对于曾被"无限平原兄弟会"除名的那群异见分子有多少了解。内澳大利亚派显然比历史更为悠久的那两个社团更快地消亡了。但历史资料上偶尔还会提起他们。和他们所脱离的兄弟会一样，内澳大利亚派也认为被称为"澳大利亚"的那片大陆得是一个有着统一文化的统一国家。他们当然也坚持认为，那统一的文化应该是平原地区的文化，而非沿海地区的伪文化。然而，兄弟会设想的是一个由平原人统治的澳大利亚政府，他们的政策旨在把整个大陆转变为一个巨大的平原；内澳大利亚派却拒绝谈论政治权力，他们将其视为完全的虚妄。

实际上，内澳大利亚派内部也有分歧。他们中最让人记忆犹新的那伙人曾主张进行仓促的军事冒险。他们希望的不是成功，而是一次寡不敌众但令人难忘的失败。他们决心在被捕以后，表现得如同一个正式国家的公民那样，仿佛他们只是不幸被那些集合了内澳大利亚所有负面属性的反国家的势力给阻挠了。有一个少数派（有人说只有两三个人）认为，平原地区永远无法得到本应得到之物，除非被称为"澳大利亚"的那片大陆被更名为"内澳大利亚"。除此之外，原先澳大利亚的外表和内况都无须改变。沿海居民很快就会发现一件平原人早就了解的事——一个国家领土深处那些影响深远却难得一见的风景的存在是谈论这个国家的前提。

后来，据说就在那些秘密社团突然瓦解前不久，某个人脱离了内澳大利亚派里的少数派，并选择了一个最极端的立场。他否认了任何包含"澳大利亚"这个名字的国家的存在。他承认，有某个法定的虚构观念，是平原人有时不得不遵从的。对于一个真正的国家来说，其边界是根植于人们的灵魂之中的。而根据真正的，即心灵的地理投射，平原地区显然与任何自称是澳大利亚的土地都不符。因此，平原人大可以按自己的意愿去遵守任何州议会或联邦议会的规则（当然，他们一直都是这样做的），甚至也可以参加曾被秘密社团们谴责为闹剧的新州运动①。对平原人来说，做一个不存在的国家的公民是一种权宜之计。不然，他们就要打破井然有序的妄想情结，让平原的边界被一群来自从不存在的国家的流亡者所侵扰。

*

临近午餐时，在几乎空荡荡的酒吧雅座区里，我试图回想几天前我在阅读一篇学术文章时所做的一些笔记。那是一篇发表在一份评论类双周刊上的文章，这样的双周刊平原地区一共有三份。那些笔记就在我

---

① 新州运动（New State Movement），一项旨在将澳大利亚新南威尔士州北部地区从该州独立出来，建立所谓"新英格兰州"的政治运动，于1967年举行公投，未获通过。

位于楼上的房间里，但我不能离开酒吧——庄园主们随时可能传见我。（我甚至没有时间刮胡子或洗脸，但隔天才获得接见的请愿者总是会小心翼翼地让自己显得不那么精神或整洁。庄园主们喜欢认为，虽然他们自己喝一晚上的酒轻而易举，门客们的体质却没那么好。）

那篇文章的作者似乎认为，平原上所有派系之间的争端都是作为平原人性情基础的那种两极性的表现。任何一个从小就被大片平地包围的人，一定会交替地梦想着探索两种风景——一种总能看见，却永远无法到达；另一种总被忽视，哪怕人们每天一次又一次地穿梭其间。

我无法回想起的是作者在那篇文章晦涩难懂的最后几段里最终得出的结论。但作者认定存在这样的一处风景，能使平原人把家乡赋予他的那两种对立的冲动最终加以调和。午饭过后，当我又能从容地喝酒，周围的世界也重现活力时，我终于回想起了自己在那篇文章的边角写下的一条笔记："我，一位电影制作人，完全有能力去探索这片风景，并将它向世人展现。"

*

到了下午晚些时候，我已经看过大概二十个门客独自走进包厢又出来。我注意到其中占大头的是象征图案设计师和宗教创始人。在面谈之前，这两帮人总会非常紧张和焦虑,并且小心不把自己项目的细节泄露给竞争对手。随着时间的推移,能愈发明显地发现,在包厢面谈成功的门客少之又少。众所周知,庄园主们痴迷于平原地区特有的各类徽章、纹章等象征艺术。至于宗教,虽然平原地区的人很少讨论这个话题,但我知道,几乎每个大家族都有虔诚的信徒。然而,专门研究这些问题的门客是在和那些已经获得庄园主们青睐的专家竞争。

没有哪个大家族的象征图案设计能离得了常驻顾问的支持。大多数家族的所有新顾问都是从其聘请的资深顾问的儿子和侄子中挑选任命的——他们认为自己的传统只有交到从小就对其耳濡目染的人手中才安全。即使有外人被任命,他也要花几年时间靠自己去获得有关家谱、家族历史和传说的详细知识,以及那些只有在深夜密谈之中,在床头的日记本上匆匆写下的日记里,在钉在门后的绘画草图里,以及在黎明前最后几个小时被撕成碎片的诗歌手稿里才能参透的喜好和偏爱。当岗位空缺出现时,有时会见到这个家族的男仆或者家庭教师出来宣称,自己多年的卑微服务只是为了有一天能胜任纹章设计师的工作。这时这家人会反应过来,他们之前经常注意到这个人异常警觉,原来事出有因:他曾在不恰当的时间出现在令人意想不到的房间里;曾郑重其事地提出请求,要在图书馆里度过他有限的闲暇时间;曾被人看见在围场的最远端收集珍稀植物;又或者在某个私人抽屉里的放大镜丢失几周后，曾被人发现他在自己宿舍里用放大镜观察树叶的形状。一位有才华的设计师是如此难得，只要他能证明自己的能力，就会被任命到他梦寐以求的岗位上。而对于那些年里他偷偷摸摸的研究和学习，人们只会赞扬说他有进取心。

大家族们一有机会就会展示他们的徽章、纹章、制服和赛马彩衣。那些世代以来一直对炫耀财富或影响力的行为表示不屑的家族，会将客人的目光引到家中的银器和桌布的图案设计上，或者户外鸟舍与玻璃暖房里的木件的油漆配色上。平原上有许多学术性的评论文章，探讨的是已经在平原人中被追求到极致的一件事，而这些文章我也读过几篇。我记得其中一篇文章，作者是一位受到冷落的哲学家，靠为一份日益没落的报刊的周六版面供稿以维持生计。

这位作者表示，每个人在内心深处都是一位旅人，行走在没有边界的风景之中。即便是平原人（他们本该已经学会了不去惧怕广阔的地平线），也要在令人不安的精神地带里寻找地标和指示牌。一位总忍不住把自己的花押字设计或某些新奇的配色在可见的平原上不断重复的平原人，只不过是在为自己能辨认的领域标记边界。这样的人本该去探索可以被简单的形状和图案所表示的幻象之外的东西。

这一说法遭到了其他理论家的质疑。他们表示，对象征图案的关注正是这位哲学家所呼吁的那种探索。因此，当一个人在他的私人图书馆藏书的装帧上展示他自己的配色时，他是在表明（尽管可能是有些粗糙地表明）自己心中所知晓的那些区域尚看不到尽头。

庄园主们自己并不参与那些关于他们的追求的学术讨论。这并非因为他们对智识上的追求不感兴趣，而是践行纹章艺术本身便足以为哪怕最活跃的大脑提供足够的施展空间。许多庄园主会和他委托的设计师们一起去完成那项艰巨的任务：从他的家族史中寻找隐含的主题，从他的庄园地质结构里寻找暗藏的图案，或者从他所在地区特有的动植物里寻找象形符号。

当所有这些工作在各大家族内部展开时，这门学科的许多待业的研究者和学者则在公共图书馆、博物馆、租来的工作室、边远的沼泽和庄园的种植园里增进知识或完善技能，梦想着把庄园的广袤和复杂浓缩进一个非写实的图案里。

一些在酒吧里焦急地等待着庄园主的人向我解释，他们成功的最大希望就在于让某位庄园主相信，他们家族的纹章设计来源的学科范围太窄。一名请愿者打算简要介绍他在昆虫学上的研究成果，并指出某种生活在有限的一小片栖息地上的黄蜂身上的金属色调和它们冗长的"舞蹈"仪式，可能与他试图谋求赞助的那位庄园主的家族艺术中某种尚未被表现出来的东西能呼应上。另一名请愿者则打算拿出他多年来在气象学上的研究成果，他自信某位庄园主不会对某场难以捉摸的季风抵达他的土地时所具有的意义视而不见。

还有一些人去见庄园主时，提出的方案则是如何使他们家族里已有的配色和图案设计更进一步加以展现。我听说有一个方案，是要建造一个室内水族系统，其中每个鱼缸里都只养一种鱼，但经过整体布置后，观看者透过许多层透明玻璃和略有些浑浊的水，以及浑浊的水倒映在略有些浑浊的玻璃上的影像，会看到由两种主要颜色构成的各式各样的图案。有人将一项染色工艺做到了完美的地步，可以把最鲜艳的颜色染进最优质的鞍具里。还有人面带谨慎地提到一个剧场的方案，该剧场的装潢并无特殊之处，但舞台上会有一群旨在模拟某个常见的纹章图案的提线木偶，哪怕是一缕枝叶的图案或一条纹路的颜色也有木偶加以演绎。

等待传见的人里最讳莫如深的，是那些专为喜欢保密的庄园主服务的人。有一些家族的族长会耗费数年的时间设计徽章图案，接着又将其部分或完全隐藏。他们可能会自豪地向几位朋友提及这些作品，不过，无论它们是有着抚慰人心的和谐，还是呈现出醒目的对比，都只有他们自己能完全体会，只能供自己独赏。有一位希望能为这样的庄园主服务的请愿者，带去了一批染了神秘色彩的窗玻璃和镜片，它们可以改变或抹去某些颜色。这人还带去了一些对阳光极度敏感的颜料，以及一些双倍厚度的帆布、镶板和丝绸。

所有这些群体的人在去找庄园主时，多少都有一套能自圆其说的说法，哪怕那位庄园主早已定下了能代表自己所珍视的一切的图案和配色。但也有少数请愿者对自己的学科只有粗泛的认识。他们在向聚集的庄园主们彬彬有礼地进献自己的服务时，只能寄希望于某个大家族的纹章设计那时刚好要"拉帘"了。

"拉帘"这个说法在我生活的时代已经只作为比喻使用了，可在以前，马车里刷了漆的镶板上都会挂有黑色或紫色的天鹅绒窗帘。当车夫对车内临时刷上的灰色感到不自在时，他会在傍晚驾车绕过弧形车道时拉上深色的天鹅绒窗帘，这时车窗上只会倒映出天空的颜色。

为谋差事而奔波的设计师们有时会观察到某个大家族的成员间隐约弥漫着一股恼怒和不满，或听说他们在私人图书馆里开了很久的闭门会议后，仆人们连夜把已经多年无人问津的书籍和手稿都收了起来，这时他们会开始嗅到拉帘的气息。不过大部分拉帘的通知都很突然，就连这户人家的专属设计师在得到消息后都会大吃一惊，并不得不在毫无准备的情况下，去质疑自己毕生心血的价值。

有时拉帘不会发公告——与其说是为了刻意隐瞒，不如说是出于对正式流程的不耐烦。不过，造访偏远的府邸的客人一眼就能看出拉帘的迹象：旗杆光秃秃地矗立在网球场的上方；粉刷匠在马球场旁的看台上忙碌着；在多层脚手架上，工人们从铅框窗户上撬出玻璃碎片，尽管任务紧迫，他们还是会停下来，透过那块已不成形的有色玻璃碎片眺望平原的一角，而那块碎片可能曾是一个家族名誉象征的一部分。来到室内，可以看到法式抛光师们正在女裁缝们留下的一团团缠结的丝线之间游走，那些丝线是她们从挂毯上原有的图案上抽离下来的。而在远处某个安静的房间里，金匠们正把世代相传的宝石从已被宣称配不上它的底座上取下，他们眉毛下紧扣的镜片让他们的眼睛看上去大得吓人。

正是这渺茫的一点希望驱使那些最没有准备的请愿者走进酒廊包厢——他们指望着某位庄园主那时恰好被一种轻微的疯狂占据，那种疯狂会一直持续到他拥有的一切或被重新盖上印记，或被重新雕刻，或被重新绣上图案，或被重新粉刷，直到足以证明他已经对生活有了全新的诠释为止。

我从象征图案的研究者们那里了解到的就是这些。但对于那些宗教创始人，我知道最好还是不要去质疑他们。我从未听过某位平原人正儿八经地谈论过自己的宗教信仰。和位于遥远的沿海地区的澳大利亚人一样，平原人往往对宗教大体持肯定态度，认为那是一种导人向善的力量。并且，和沿海地区一样，平原上也有一些家族，不管是信奉天主教还是新教，一样会在沉闷的教区教堂或带有突兀的欧洲风格的主教座堂里参加主日敬拜活动。我知道，这些宗教仪式以及在公开场合下表达出的常见态度，往往是为了把人们的注意力从真正属于平原地区的宗教上引开。

这些宗教以最纯粹的形式在那些早已抛弃了传统教会（也抛弃了来自罗马帝国晚期或伊丽莎白时期英国的民间传统）的家族中蓬勃发展。那些人会在自己偏远的府邸的安静房间里，度过看似慵懒的周日时光。我从未听说哪个教派的人数超过三四个，也没有哪个教派的教义能够被哪怕最能言善辩的追随者记录成文或加以转述。有人曾向我保证，这些教派遵循着复杂的仪式，并且其功效也为人称颂。然而那些曾日复一日地观察这些教派成员甚至曾窥见过他们最私密时刻的人，似乎也未发现他们做过任何不信教的平原人不做的，或不看作寻常及琐碎的事。

和我一起在酒吧里等待着的所谓宗教创始人们也带着这样的神秘。他们身上有某种不同寻常的气质，但从他们的言行上无法看出那些大家族总对他们敞开大门的原因。（我听说他们很少有长期供职的。他们收入丰厚，不过往往履职不久便会失宠进而被解雇，或者他们会宣称自己该功成身退了。）一个其他行当的人恰好曾见过一位宗教创始人如何试图赢得一群庄园主的青睐，却发现他不过是在鼓励那些大人物喝酒聊天，自己则在旁听着。

我一度开始怀疑这些平原上的神秘教义是否真实存在，直到后来我被带去见了几位特殊的平原人。至于那些平原人给我留下的印象，我只能说，他们似乎知晓了大部分人只能揣度的东西。在他们庄园外围摇曳的某处草丛之中，或在他们大到漫无边际的府邸里，在府上最少人去过的房间里，他们曾洞悉自己人生的真谛，并知晓自己本可能成为的人。

每当我对能从自己的私人信仰中汲取此等力量的平原人感到羡慕时，我都会走到自己位于楼上的酒店房间里，正襟危坐地在自己的电影剧本上写下新的笔记，仿佛某位陌生人也会对我的宗教追求感到好奇，那些笔记则是这一追求的部分体现。

*

我被叫进包厢的时候，正是庄园主们的威严和奢靡看上去最令人惊叹的时候。在通往他们包厢的一条过道上，我曾回头瞥了一眼远处的一扇门。门上方的横窗已变成了一个耀眼的小长方形——这表明外面的平原正经受着午后烈日的煎熬。但庄园主们对这样的一个下午全然不知。我听闻过的有关他们如何富有的那些故事，都不如看见他们如何漫不经心地打发掉整整一天更让我印象深刻。当我走进他们烟雾缭绕的房间时，我的视力仍未从之前那一瞥的阳光中恢复，而那是他们弃如敝屣的阳光。

我在包厢角落里看到的一张担架床是唯一让我吃惊的东西。也许他们并非都是传说中的巨人。有一位庄园主一动不动地躺在那张帆布担架床上。从他那只不自在地盖在眼睛上的手可以看出，他睡得并不安稳。

其他人笔直地坐在包厢的高凳上。其中一位倒了近半壶啤酒到一个刻有奇怪的花押字的锡壶里，把壶递给了我。另一位用脚把一张高凳往我这边推了推。直到半小时后，才有人和我说话。

坐着的一共有六位庄园主，都穿着我称为粗花呢面料的西服，款式淡雅。有几位松开了领带，或者解开了衬衫最上面的那颗扣子，还有一位的鞋子（巨大的全皮鞋底和牛血色鞋面，上面有精致的螺旋形和弧形的圆点）没有系鞋带，非常显眼。他们每个人身上都带着一种自信和优雅，使我不禁摸了摸自己的领结，又转了转手上的戒指。

起初我以为他们只是在谈论女人，直到后来我分辨出了三组完全不同的对话，每一组都稳步推进着。有时，某个话题会占据他们所有人的注意力，通常每个人都会把注意力分散在三组不同的讨论中，时而把身子探过旁边的人，时而短暂地从凳子上起身去与包厢另一头的对手交锋。每隔一段时间，他们就会因为某个我觉得莫名其妙或不得要领的笑话而一起开怀大笑，并笑上好长一段时间。他们所处的状态，是我认为自己再多喝几壶啤酒后将会达到的那种状态。可能他们的语气稍微重了一点，或者手势稍微随意了一些，但他们几乎没有丧失惯有的那种威严。根据我自己喝酒的经验判断，他们已经把自己喝清醒了。

据我所知，在那种情况下，他们几乎能在每一件事或物中发现惊人的意义。他们会忍不住重复某些听上去似乎很深刻的话。他们每一位的个人史都具有如同伟大艺术品那样的和谐统一，因此当他们讲述自己的过往时，他们会从最微小的细节处着手，因为那些细节里包含着从整体得来的意义。最重要的是，他们眼中的未来已尽在掌握。他们只需记住当时获得的洞见。如果这还不够，他们还可以预想会有另一个早晨，他们从阳光中走进来，开始有条不紊地豪饮，直到这世上所有恼人的光亮化为他们幽深私密的暮色远端闪着微光的地平线。

庄园主们继续交谈着。在喝完第二壶酒后，我已准备好加入他们。但他们并不急着和我面谈。我小心翼翼地避免表现出不耐烦。我想证明自己已经适应了他们的行为方式；证明自己已准备好抛开一切，花上一个小时或一天的时间在思辨性思考上。于是我坐着喝酒，试着跟上他们的对话。

庄园主1：……我们这一代人对于女人理想肤色的定义过于极端。没有人希望自己的妻子或女儿被太阳晒得黝黑。如果我更喜欢有些瑕疵的苍白肤色，这算反常吗？我直说好了。我一直都梦想着以某种方式排列的……我不想用"雀斑"这个俗套的词。它们必须是一种娇嫩的金色，并且出现在合适的地方。它们彼此相距较远，我可以把它们看成一个星座，如果我想的话。一片纯白上的金黄。

庄园主2：……当然还有大鸨，还有领鹑，还有彩鹑鹑和澳洲鹑鹑，还有叫声怪异的褐鹦莺。我问自己……

庄园主 3：……每个山坡上都有我们用石头堆的界标，路边立着牌子，树干上还保留着铭文。但我们忘了，这些人里能被称作平原人的寥寥无几。我们对探险家们实在过于痴迷。请不要误解我的意思：这项事业是有价值的。但这和我们都在寻找的平原景象不同——别忘了对最早的探险家们来说，平原可能并非他们所期待的发现。他们中的许多人后来回到了自己的海港。当然，他们会吹嘘自己的发现。我想研究的人，是那些为了证实平原正是他期望中的样子而来到内陆地区的人。那种我们都在寻找的景象……

庄园主 4：（他脱下西服外套，撩起衬衫袖子，凝视着自己胳膊上的皮肤。）我得承认，这么多年来我都对自己的皮肤知之甚少。我们都是平原人，总是声称眼前的一切都是远方事物的地标。但我们知道自己的身体将我们引向何方吗？假设我把你们所有人的皮肤都做成地图，当然，我是说做成地图投影，类似墨卡托投影①。如果我把所有这些地图都展示在你们面前，你们能认出自己的皮肤吗？我甚至可以给你指出那些像是在你从未想到过的平原上零星散布的小镇或树丛的标记，但关于那些地方，你能告诉我什么呢？

庄园主 1：别忘了，我在说的是我理想中的女人——唯一值得我们谈论的那种女人。

---

① Mercator projection，即正轴等角圆柱投影，常用于地图制作。

庄园主 2：当然，它们会飞，平原上也有足够多的树。它们却在地上筑巢。大鸨甚至都不筑巢——而只是在干燥的土里挖一个小洞。我对进化论或动物本能之类的鬼话不感兴趣。一切科学都只是描述性的。我关心的是为什么。为什么有些鸟在面对敌人的威胁时会选择躲在地上？这肯定有什么象征意义。下次你看到大鸨的窝时，问问自己为什么会这样。试着躺下藏在平原里，看看会发生什么。

庄园主 5：我们显然忽视了第一批定居者，那些在探索了这片土地后，选择留下来定居的人。

庄园主 3：即便在平原上生活了多年，他们可能还是会想起另一种土地，或者他们曾希望找到的土地，如果平原不是仿佛没有尽头的话。

庄园主 4：我在试着回想《正午阳伞》里的几句诗。这是一部被忽视的杰作，可以说是出自平原的最伟大的浪漫主义诗歌之一。诗里有这样一幕，描述了一位平原人在热浪汹涌的围场上远远地看见了一个女孩。还有，别和我唱那种老掉牙的反调：说什么那个时代的诗歌把我们变成了对自己的拙劣模仿，让我们永远停留在凝视远方的姿势上。

庄园主 6：我记得那一幕是全篇**唯**一的一幕。整整两百节诗讲的都是一个远远望见的女人。当然，整首诗里几乎没有提到她。真正重要的是她周围奇异的暮色——阳伞下的别样空气。

庄园主 4：当他慢慢靠近她时，他看到了一个光晕,那是一个闪着微光的空气球,就在阳伞下面。那显然是一把丝绸伞,是淡黄色或绿色的,半透明的伞。他始终未能在那微弱的光芒中看清她的样子。接着他问了一些没有答案的问题:哪种光线更为真实——是外面刺眼的阳光,还是女人周围柔和的光线?天空本身不就是一把遮阳伞吗?为什么我们要认为自然就是真实的,而我们自己创造的东西就不那么真实?当然,他也想知道,为什么像他这样的人,只能拥有在有着朝南的窗户、面向被树叶遮蔽的幽深长廊的图书馆的昏暗的凹室里偶然发现的东西。

庄园主2:平原能给我们提供多少保护?从某种意义上说,我们都是大鸨或鹌鹑,我们看待平原的方式和别人都不一样。

庄园主6:他厌恶的艺术作品/是那些被虚假的太阳所影响的/然而有另一片土地/既非从前的平原也非梦中所想/有时曾用它神秘的光芒引诱他/此刻纤细的丝绸映入他的眼帘/现出另一片天空的奇异光芒。

庄园主5:事实是,第一批定居者之所以留在平原,大概是因为这里与他们一直在寻找的那片土地最为接近。即使是我们的平原,我认为也不能与我们梦想探索的那片土地媲美。然而,我相信那片土地不过是另一片平原。或者至少必须通过我们四周的平原才能靠近。

庄园主3:是谁曾说,我们的平原应该囊括所有我们希望去到的城市、山脉和海岸？在那人的小说里，他让所有的澳大利亚人都生活在某种平原的中心。

庄园主6：那把阳伞是我们每个人都想在现实世界和他所爱的对象之间保留的屏障。

庄园主2：我们谈论着平原之道，但我们每个人想到自己的妻子和女儿时，想到的都是她们正在一座有着上百个昏暗房间的府邸里等待着我们。我们的祖父辈大都是在像鹌鹑窝或大鸨窝那样的窝里被孕育的。

庄园主4：我们大半辈子都在外面的风中生活。我们曾看到整片云的影子消失在我们绵延数英里的草地上。但我们每个人不是都曾记得这样一个下午，在游廊上，那里的阳光被藤蔓的枝叶遮蔽，或者在会客厅里，那里的窗帘从初春一直到深秋都紧闭着。有好几个月，平原似乎离我们很远，我们每天下午都坐在室内，心满意足地看着某张苍白的脸。

庄园主1：诗人说我们都崇拜白皙的皮肤，但我们不允许妻子和女儿穿泳衣肯定还有其他原因吧？我们知道，夏日的阳光会让人看不到平原背后蕴藏的可能性。当我们碰巧在中午看到汹涌的空气像水一样在我们的土地上旋转时，我们不是会因为它让人想起海洋上毫无意义的骚动而转身离开吗？在二月最热的日子里，我们同情那些可怜的沿海居民，他们整日站在阴沉的海滩上盯着最糟糕的荒漠。我们嘲笑他们在海边摆出的姿势，并声称自己无法理解，为什么他们仅仅因为眼前缺失了陆地而感到敬畏。然而，平原上的每个男人都知道在某些房子里，最昂贵的那些女人整日坐在美黑灯下，直到她们身体的每一寸皮肤都变成棕色。这里有谁不曾光顾过她们，并一度假装平原对他毫无意义？

庄园主5：你们都听说过那个因为生不逢时而赶不上成为传统意义上的探险家的人的故事。他坚持认为探险是唯一值得平原人从事的活动。他在自己的土地上划出一块正方形的区域，并花了数年时间绘制最详尽的地图。他给数百个你我走过时都不会注意到的地貌景观命名。他为植物和鸟类做笔记、画素描，仿佛在他之前没有人见过它们一样。到了晚年，他把所有的笔记和地图都锁起来，然后邀请任何愿意步他后尘去探索并描述这个地方的人。当你将两人的描述进行比较时，它们之间的差异将揭示出两人各自的独特品质：那是他唯一可以声称属于自己的特质。

庄园主3：我恰恰认为我们都是各自意义上的探险家，但探险要做的绝不仅仅是命名和描述这么简单。探险家的任务是去假定一片未知之地的存在。至于他能否找到那个地方并带回有关它的消息，是无关紧要的。他可以选择永远沉浸其中，让世间多一片未被探索的地方。

庄园主4：那些地方的顾客大多是年轻人。今天在座的各位想必都能想起在最热的那些夏天我们曾有过的别样梦想。每个平原人都曾在某个瞬间厌倦了布满蕨类植物的花园或避暑山庄，厌倦了白色连衣裙和阳伞，并望着北风发呆。海岸永远在五百英里之外，我们中的大部分人都知道自己无缘得见。然而，我们望向南方时感到的那种渴望——我们告诉自己，只有湿咸的海风或涌动的潮水能将其缓解。我们中的一些人甚至认为，在我们享受过那些抹了薄薄一层油、上面还沾着粗糙的沙粒的棕褐色腹部和大腿后，我们在婚姻中被应许的那些苍白的女人会更有吸引力。

庄园主2：还有那些所谓忠于平原的论调。几年前我们就拒绝让自己的女儿去沿海地区的好学校读书，因为她们可能会被半裸着送到太阳底下去打曲棍球。但我们都见过大鸨的求偶舞。我曾趴在草丛里看了几个小时。没有哪种鸟会像它们那样卖力。如果我们真的要言行一致地忠于平原，我们不是应该走出自己幽暗的房子，并只靠着遥远的距离作为掩护在草地上交媾？

庄园主5：然而，平原本身尚未被彻底探索。两年前，我聘请了一名勘探师和一名历史学家为我绘制一幅地图，它将囊括所有分散在各个定居点之间的边角区域，所有零星散布在公有土地上的灌木丛和小树林，以及所有未被围栏包围的河滨地。我们在自己的庄园里向外眺望时，总能远远望见它们，但我们只把它们视为独特的平原风光的背景。等地图绘制完成后，我希望能规划一条长达一千英里的路线。当我沿着这条路线旅行时，我希望能从远处望见可能属于我的那片土地的迹象，哪怕只是一次也好。

庄园主6：在那些臭名昭著的房子里，总有一些女孩把每一寸肌肤都保持得洁白无瑕。而你总是小心翼翼地绝不让自己提前知道是哪些女孩。这样一来，正当你放纵自己最荒唐的幼稚幻想并让自己迷失于沿海地区的某个疯狂仪式时，正当你即将拥有远道而来所寻求的东西时，出现在你眼前的可能正是你背叛了的肤色。

庄园主3：派你的勘探师去吧，筹划你的孤独旅行去吧。你只会把余生用在寻找错误的平原上。每天早餐过后，我都会花上十分钟，围着我收藏的来自风景画盛期的作品踱步。每看完一幅画，我都会闭上眼睛，直到自己站在下一幅画前。经年累月，我已能精准地知道从一幅画到另一幅画需要走多少步。我在试图拼凑出一幅平原的画面，那里什么也没有，只有画家们声称看到的东西。等我把这些风景画拼凑成一幅巨大的平原图后，我就在一个早晨走出家门，开始寻找新的地区。我会去寻找位于画中的地平线以外的地方；那些画家知道自己只能暗示的地方。

庄园主6：我们的流行诗人只会讲述那些包裹着丝绸抵御太阳的女人。这些诗我也读过。我知道在烈日当头的午后，一个一身白衣、站在巨大的房子阴影下的遥远身影，可以赋予上百英里的草地以意义。但我想读的是那些在朝南的房间里写下的未被发表的诗歌。我想读的诗人，是那些知道自己的欲望可以引领他们从哪怕最广阔之地走出的诗人。我说的不是那几个每隔十来年就会出现的，鼓吹我们应该在女人面前释放激情、畅所欲言的蠢货。一定有过许多这样的人，即使他们不曾离开自己的那一小块平原，他们也知道，自己的心囊括了他想去的每一片土地；他对灼热的沙滩、空洞的蓝色海水和裸露的棕色皮肤的幻想并不属于任何海岸，而属于他自己那片无边无际的平原上的某一小片地区。当那些诗人每晚在富丽堂皇的大房子里，走在深及脚踝的不真实的金沙地毯上时（还有数面镜子反射并拉长了几幅镶框画里色调粗糙的海景），他们会发现些什么呢？每周走在那座房子的长廊上时（这时我会以为自己是在探索某个沿海地区），我都会向诗人们点头致意。他们从未发表过自己的故事。可只有诗歌才能描述出我们在星光闪烁的夜空下，在那些闷热的镇子上真正在做的事情。那些女孩都出生于平原。她们中的大部分人对沿海地区的生活方式的了解还不如我们。但她们会按照我们的要求摆出那些不自然的姿势。当她们穿着碎花泳衣懒洋洋地躺在黄色地毯上，让我们的手指在她们晒黑的皮肤上画出漫长而曲折的轨迹时，我们以为自己正在逃离平原。最后，我们对着自己发出呻吟，并以为自己得到了只有沿海居民才能享受的东西。一位诗人却能意识到，沿海地区的人从未有过这样的特权，即能从平原的视角去看他们那些琐屑的消遣。正如我说过的那样，某些夜晚我们会发现，自己指间抚摸着的肤色，正是在平原上总对我们隐藏的那种肤色。这时我们会怀疑自己受到了嘲弄——即便是在沿海地区的那种游戏之中,在画中的波浪旁,在虚假的沙滩上,我们的女人身上仍保留了属于平原的某些东西。

庄园主2:有谁知道,当一只鹌鹑或大鸨站在自己的领地中央张望时,或当它为了求偶而昂首阔步时,它看见的是什么?科学家们曾做过一些引发我深思的实验。他们曾砍下一只雌鸟的头,把它插在一根杆子上,结果雄鸟一直围着它跳了一下午的舞,等着它发出某种信号。

庄园主5:每个平原人都知道,他得找到属于自己的地方。留在本乡的人希望自己是在历经长途跋涉后才抵达那里的。而旅行的人则会开始害怕自己找不到合适的终点。我这一生都在试着把自己所在的地方视作我从未开启的旅行的终点。

庄园主7:(他把腿从担架床上甩过,接着大步走向吧台,给自己倒了一杯威士忌;他开始说话,仿佛什么都没有错过。)一个人可以知道属于自己的地方,但从不试图到达那里。不过,我们的请愿者是怎么想的呢?

那人转向我,但避开了我的目光。其他人停止了交谈,又把酒杯加满。一道明亮的光线从半开着的门后面的什么地方射进来。随意放置的几面镜子,以及一扇百叶窗拉开的小窗户,共同标记出了午后阳光照进昏暗的大厅时的路线。琥珀色的光线落在众人之间的地板上,有些人挪了挪凳子,给光线腾地方。我来到包厢中央，准备开口说话，这时地板上的光线消失了。不过当我站在那里说话时，我始终能感到午后阳光照在我背上的痕迹。

我平静地说着话，目光常常停留在第七个男人身上，他比其他人高出半个头，也是听得最专注的一个——尽管他时不时用手盖住眼睛，就像他在担架床上时那样。我只告诉他们，我在写一个电影剧本，这部电影的最后一幕将发生在平原上。那一幕还没写好，在座的任何一位都可以提供自己的房子作为场景。他们的围场及其开阔的景观，他们的草坪、林荫道和鱼塘——所有这些都有可能成为一个原创剧本里的最后一幕发生的地方。如果他们中有人碰巧有一个具备某些资质的女儿，那么我在创作剧本的最后几页时，将很乐意听取她的意见，甚至与她合作。我告诉他们，我之所以有这样的想法，是因为我的故事结局取决于一个女性角色，而她必须表现出一个纯正的平原年轻女性的样子。

他们都在听着。从他们逐渐感兴趣的细微表情中我能猜到，他们大都是有女儿的。我甚至可以猜出，他们中哪些人的女儿曾经常向他们抱怨，说她们看过的电影似乎总是以一片遥远而又开阔的景色结尾，但从来不是她们自己的那片平原景色。当我夸口说，我的影片甚至能展现出位于一片他们都能认得的平原上的隐蔽山谷中的草叶，以及荒凉的岩层露头上那些长满青苔的岩石表面的纹理时，我要争取的正是这些人，尽管他们都只见过平原景色的一些片段而已。

我看着第一位庄园主，又想起了他们在刚刚过去的一小时里的谈话。我告诉他们，他们特别关注的那些东西——他们在平原的历史或自己的生活中发现的值得研究的主题——都将以一组简洁但传神的影像的形式出现在我的电影中。因为我同样感到，在接近一个女人时，我最想要的就是了解某个有关平原的秘密。我也同样研究过鸟类的习性，并想要居住在这样一片区域，它的边界和地标除了零星几个与我同属一类的人之外，其他人都无法看见。并且我相信，每个人都有成为探险家的使命。从某种意义上说，我的电影将是对一次探索之旅的记录。

接着我转向第七位庄园主，并宣布在所有的艺术形式中，唯有电影能把梦的遥远边疆表现为一个宜居之地，同时把熟悉的风景变成只适合在梦中出现的朦胧景象。我甚至可以说，电影是唯一能满足平原人自相矛盾的冲动性情的艺术形式。我电影里的主人公，在他意识的最远端，看到的是尚未被探索的平原。当他在寻找自己内心最确定的东西时，没有什么比平原更清晰的了。这部电影讲述的是一个人寻找一片土地的故事，那片土地可能是他从未见过的风景，也可能就在他曾见过的所有景色之中。我也许会称之为——但愿这个名字不会显得太做作——**永恒的平原**。

第七位庄园主猛地把杯子往吧台上一放，转身离开了我。他大步走回担架床前，然后慢慢躺了下去。我不再说话。我不知道自己是否得罪了我最想取悦的那个人。这时，他开始说话了。

他再次把一只手盖在了额头上，他说话的声音有些微弱。我原以为另外六个人会走到担架床前去听他在说什么，但他们似乎觉得那个人躺下，就表示他们漫长的会议要结束了。正当我好奇该对他们说些什么时，庄园主们已陆续离开了包厢，其中几位在走之前把杯中的酒喝完了。

担架床上的那位庄园主仍旧用手盖着眼睛。我咳嗽了一声，让他知道我还在房间里，接着探过身子去听他在说些什么。我意识到他是在对我说话，尽管他一次也没有和我打招呼。我从他断断续续的低声嘟囔中，听清了他要表达的意思。

他觉得我说的很多话过于骇人。我当然知道，还没有一部电影是以平原为背景拍摄的。但我的提议正表明，我忽略了平原地区最显著的一个特点。我怎么可能这么轻易就找到其他人从未找到的东西——一个看得见的、能完全代表平原的东西，仿佛平原只是一块反射阳光的地面？还有关于他女儿的问题。难道我以为，只要能说服她背对着围场站着，望向镜头，我就能发现自己哪怕亲眼追踪、观察她数年都无法发现的东西？尽管如此，他还是相信，有一天我也许能够看见值得看见的东西。如果他能忽略我作为年轻人想要以一种简单的色彩去观察平原的渴望，他也许可以承认，至少我是在试图发现属于自己的风景。（再说，还有什么比寻找风景更重要呢？对一个人来说，除了最终找到属于自己的风景，还有什么能让他与别人不一样呢？）也许，尽管我又年轻又盲目，我应该在第二天日落时分到他的乡间别墅去一趟。只要我愿意留下，他们就会一直把我当作客人对待。不过，我最好还是在自己觉得合适的时候，在他们家谋个职位。这个职位将由我自己选择。他给我建议的职位是"电影项目总监"，但他觉得有一天我会为此而脸红。我将获得一份数额合理的薪水，这将完全能够满足我履行工作职责的需要。当然，他不会给我列正式的职责清单来限制我的发挥。

他轻轻做了个手势打发我走。我离开他时，他仍旧蒙着眼睛躺在那里，这时已近傍晚时分。我在外面的走廊里想起，他从来没有正眼看过我。

*

我从傍晚一直睡到将近拂晓。我从床上走到阳台上，等待着平原上的黎明。我惊讶地发现，即便是在那里，在黎明前的最后几分钟，我仍期待着能有除了平常的太阳以外的东西出现。那是一种奇怪的感觉，那天早晨尤其如此，我把自己视作电影里的一个人物，把我脚下本身就具有足够预示意味的街道和花园视作具有双重意义的景观。

在整理桌上的书籍和资料之前，我在一个文件夹上新建了一个标签：**开始写剧本前的最后一些想法**。接着，我在文件夹里的一张白纸上写道：

在我抵达平原后的几周时间里，我只从阳台向外眺望过两次。镇上的每条街道尽头几乎都是平原的起点，要去探索那些平原本不是难事。但我真的能像我想的那样占有它们吗？

今晚，我终于要站在能看见她的平原的地方了。《内陆》开头的几幕终于要开始展开了。现在我只要把笔记整理好，开始写就行了。

然而，过往的疑虑再次袭来。有没有哪一片平原，可以用一个简单的影像来表现？在过去的几周里，我经常听到的"平原里的平原"，有没有什么文字或镜头可以将其揭示？

当我现在从阳台上向外眺望时，我也像一个土生土长的平原人一样，看到的不是坚实的土地，而是一团摇摆不定的薄雾，薄雾掩盖下的是某座府邸，在它昏暗的私人图书馆里，一位年轻女子正凝视着另一位年轻女子的画像，画中人正坐在一本书旁，那本书让她对某个已消失不见的平原产生了遐想。

在这样的心境下，我怀疑每个人可能都正在向某个遥远的私人平原的中心走去。如果让我向别人描述，哪怕只是为了抵达这座城镇而穿过的几百英里地，我能说清吗？既然如此，为什么还要试图用土壤和草地去将其展现？即便是现在，某个远方的人可能仍仅仅将其视为我将发现东西的一个征兆。

而她父亲现在应该已经告诉了她，我很快就会往她那里走去。

*

我在镇上某个比较高档的商店里订购了一个文件柜和一些文具、一台简单的相机，以及大量的彩色胶卷。我留的是我新找的赞助人的庄园地址，同时享受着这个地址为我带来的敬意。我告诉他们，庄园主会派人在适当的时候来取我的物品，并把账结清。我说得好像自己至少要过好几个月才会再在镇上露面一样。

这天似乎是平原上迄今为止最热的一天。还没到中午，我的朋友们就从街上来到了酒吧，坐在我第一次见到他们时的老位置上。我从他们那里得知，我的目的地离镇子有八十英里远，在最偏远的那片地区，而且下午的阳光会一路照在我的脸上。我把这次旅程看作一场走进隐秘之地的冒险，我要走的是一条鲜为人知的路线。

在我离开酒吧前的最后一个早晨，我的同伴们像往常一样谈论着自己的项目。一位作曲家表示，他所有的交响诗和交响小品都是在离自己出生地几英里的范围内构思和创作的，而那里是平原上人口最稀少的地区之一。他正在寻找与他所在地区特有的声音相对应的音乐。外乡人只会说那个地方有多么寂静，但这位作曲家谈论的是一种微妙的混合声，那是大多数人习惯于忽略的。

演奏他的作品时，管弦乐队的成员们会分散在观众中间，彼此隔得远远的。每一种乐器的声音只有离它最近的少数人能听到。观众可以自由走动——可以安静也可以吵闹，随他们的意。有些人能够听到像是草叶摆动摩擦或昆虫扇动翅膀的清脆旋律。还有一小部分人甚至找到了某个位置，能同时听到多种乐器的声音。不过，大部分人什么也听不到。

评论家们批评道，不管是观众还是管弦乐队的成员，都没人能指望从这些几乎未被说清的主题中听到任何可能的和谐之声。这位作曲家则始终对外宣称，这正是他要达到的目的：他的艺术就是要让人们意识到，要理解平原的特质，哪怕只是来自平原的声音这样一个明显的特质，也是不可能的。

但在私底下，特别是在我启程前在酒吧度过的那最后几个小时里，这位作曲家曾遗憾地表示，他永远无法知道自己的作品有多少价值。每次排练时，他都会环顾几乎空荡荡的音乐厅，希望——他知道这多少有些不切实际——能从那些他如此熟悉的各个局部声中听到一丝整体的声音。但大部分时候，他都只能听到一根芦苇或一根琴弦颤动的声音。他几乎要羡慕那样一些人，当风儿轻拂过连绵数英里的草地时，他们只听到了一种挑逗人心的寂静。

我觉得，与一位作品不被世界理解的艺术家一起度过我在镇上的最后几个小时，再合适不过了。有时我曾觉得，《内陆》只是比它长得多的一部电影里的片段，而那部电影只能从一个我并不知晓的视角才能看见。

接着，就在我离开酒吧前的最后半小时，一位我从未见过的画家和我说了一个故事，而这个故事是任何一位电影制片人都无法忽视的。

几年前，这个人开始画他姑且称为"梦之风景"的东西。他声称自己能够进入一个由他独特的感知产生的地界。它远超任何一个其他人所谓的真实地界。（他说所谓真实之地的唯一好处，不过是让那些感官迟钝的人能在那里找到生存之道，前提是他们同意不去感知其他同类所无法感知的事。）他怀疑，除了极少数头脑敏锐的人以外，是否还有人能辨认出属于他的那片土地的特征。尽管如此，他还是试着用传统的方式，即在帆布上作画，去将其表现出来，为那些只能看到他们所看到的东西的人减少一些陌生感。

这位画家的早期作品广受好评，但他认为它们受到了误解。赏画者和评论家都认为，画作上的一层层金色和白色是对平原核心要素的提炼，那一抹抹的灰色和浅绿色则暗示了平原可能成为的样子。但对他来说，这些无疑都是他的私人地界的显著标志。为了突出他的创作主题其实是一处可以抵达的风景，他在后来的作品中加入了一些明显的符号——一些非常接近于平原和他自己那片土地上都较为常见的形态。

这些在后来被称为他的"转型期"创作的作品，又为他赢得了更高的赞誉。评论家们抓住他肆意挥洒橘黄色和藤黄色的激进痕迹，说他已经与平原的传统达成了和解。而在过量的蓝色中出现的某种奇怪的绿色，则被认为代表了他已经开始认可平原同胞们的渴望。

画家看出我急着要走。他停下自己的故事，预言我无论走到哪里，都不会发现新的地界。在听说了我的电影后，他又说不管是什么电影，最多也只能展现出一个人在放弃观察的努力后他的目光所停留的景象。我反驳说，《内陆》的最后一组镜头将揭示出我最怪诞、最持久的梦境。画家则表示，一个人最怪诞的梦，也怪不过他人梦中最简单的一个画面。接着，他又开始继续讲他的故事。

他的画作后来又经历了评论家称为"发展期"的几个阶段。但我只需要知道，他现在画的是普遍被认为是所谓"灵感风景画"的作品。三年来，他很少离开画室，那间画室里唯一的窗户上挂满了常青树叶片。当他不得不在镇上穿行时，他的目光总是要避开那几乎在每条街道的尽头都隐约可见的平原。他断言，现在他眼中只有他曾经梦想的那片土地。但每天他都会把目光从它熟悉的色彩和形态上移开，在画布上勾勒出一个只有在像他如今定居的那片土地上才能梦见的地界。

他给我看了一幅彩色复制的小型画作，那是他最著名的作品之一。在我看来，这很像我在镇上最大的一家商店的家装区里看到过的一幅镶着金边玻璃画框的风景画的粗糙仿制品。当我努力想着要怎么评论时，艺术家盯着我说，在很多平原人看来，这是唯一一个遥远得足以作为梦境背景的地方。

当我在前往电影取景地的路上已驶出五十英里远时，我后悔没有问那位画家，他是否知道他画中的紫色山丘和银色溪流很像是外澳大利亚的景色。

*

在抵达庄园主府邸的头天晚上，我在晚餐时见到了她。她是独生女，坐在我对面，但我们俩很少交谈。她看上去并不比我小多少，因此可以说，她没有我预想的那么年幼。她的脸也没有我想的那么天真无邪，因此我不得不重新想象我电影的最后几个场景里那些扣人心弦的特写镜头。

我和这家人说好只在晚饭时和他们一起用餐，白天大部分时间我都会待在北翼楼的私人图书馆或毗邻图书馆的套房里。他们也知道，他们随时可能会在楼下或庄园中的任何地方碰见我。作为一名艺术家，我有权在一些奇怪的地方寻找灵感。

我的赞助人，也就是女孩的父亲，要求我每天晚饭后陪他在游廊上喝一两个小时的酒。第一天晚上，我们俩就坐在客厅的落地窗外喝酒。他的妻子和女儿还在房间里，另有几位女宾在。我知道在许多个夜晚，游廊上都会挤满男宾和像我这样的门客。但在我抵达的第一天晚上，每当女孩望向月光下的平原时，她都会看见我黑色的身影正和她父亲密切交谈。

蟋蟀在晦暗的草坪上断断续续地叫着。有一次，一只鸹鸟在远处的围场里发出微弱而慌乱的叫声。但是，平原上那无边无际的寂静几乎没有受到打扰。我试着想象那明亮的窗户和靠着窗边的那些人的身影出现在我眼前那片广袤而又黑暗的平原上的样子。

*

临近午夜，我独自在书房里开始写一组新的笔记，这组笔记文档的标签是：**来自终极（？）平原的思考**。我写道：通往庄园的路是一条废弃的小路的一条支路，那条小路的路标有时又是含混不清、自相矛盾的。当我在大门前停下车（我确保自己这么做了）时，周围几英里的土地上都看不到任何房子、棚子或干草堆。我站着的地方是一个平缓的谷地的底部，谷地大约有几英里宽。放眼望去，四周就我一个人。我赞助人的家自然是在大门的另一头，但并不在我的视线范围内。通往他家的车道甚至没有指明方向。车道通往一座小山坡上的柏树园后面，之后就消失在了视野之外。当我沿着车道往里驶去时，我告诉自己，我正消失在一个看不见的私密世界里，而它的入口位于平原上最孤独的地方。

现在我还需要做什么？我已如此接近我探寻的终点，以至于我几乎不记得这趟旅程是如何开始的。她的一生都在平原上度过。她所有的旅程都是在这片辽阔而安静的区域里开始和结束的。即使是她梦中的土地，在其中心也有一片属于那里的遥远平原。我找不到合适的语言来描述我希望做的事。我是要去发现她的风景？去探索它们？就连要讲述自己如何知晓这片让我与她初识的平原，我都几乎找不到合适的词句。对平原之外的那些更加陌生的地方，我更不指望能说出什么了。

首先，我必须深入了解她自己的领地。我想在这片只属于她的几平方英里的土地上去观察她——那些山坡、平地和郁郁葱葱的河道，在别人看来也许毫不起眼，于她却有一百种意义。

其次，我要揭示出只有她能记得的那片平原——那片在天空下闪闪发光的土地，是她总能看见的。

接着，我打算去看看那些呼唤着探险者前去的土地——那些当她从游廊向外眺望时辨认出的平原，那时她眼中看到的绝非一片熟悉的土地。

最后，我想探索那片连她自己都没有把握的平原——那是她在自己心仪的风景中梦到的一些地方。

*

在入住府邸的头几个月里，我让自己的工作方式适应了平原上悠闲的节奏。每天早晨，我会出门散步一英里左右，然后仰卧在地上，感受吹来的风，或看着云悄悄从我身旁飘过。那时我在平原上度过的时光仿佛没有了时间的标记。这是一段做梦般迷糊的时光，又像电影里一段片刻就能展现的几乎相同的几帧连续画面。

下午的时候，我会在图书馆里探索，有时会为我的电影剧本添加一些笔记，更多的时候我会阅读关于平原历史的出版物，以及我的赞助人提供的装订好的日记、信件和家族资料。临近傍晚时分，我会在某个窗边等上一段时间，看这家人的女儿在骑马归来后，从马厩穿过数英亩的草坪朝我走来。她每天都会骑马去某个我尚未见过的地区。

在最初的几个月里，有时我还在读着书架上有关平原的资料，会听到她在景观湖的另一头呼唤着放养的鹌鹑和大鸨。接着，当我匆匆跑到窗前，在绿荫掩映的园林里找寻她的身影时，她的形象总会与我刚才所读之物的余影混在一起。独自站在远处的她，仿佛是三个世代前的那个女人——曾有人在十五年的时间里每天给那个女人写信，一封长长的信，但从未送达。她身旁湖泊中倒映着的灌木和天空，仿佛来自她的叔祖父写给孩子们的未曾出版的故事里写到的奇幻之地——她的叔祖父据说曾是平原上最悲观的一位哲学家。又或者，当她蹑手蹑脚地向那些怕人的大鸦走去时，她仿佛又成了她想象中的自己——那个我在她最早的日记中读到过的女孩，那个据她所说，为了了解陆生鸟类的秘密而到它们的族群中与之共同生活的女孩。

夏天行将结束的时候，我的笔记已经多到我有时不得不把它们放到一边，去寻找更简单的方式来设计我的电影开场。我会站在窗前，拿着一幅赞助人的女儿在童年晚期创作的画，把画抵在窗玻璃上，试着观察窗外那片土地的某个局部，仿佛它正悬浮在大片大片半透明的褪色颜料之中。有时，我会把画作剪掉一块，让真实的平原远景出现在这幅画的重要位置上。还有一次，我曾把一幅画里的一个局部粘贴到另一幅画里的一大块矩形空白处的中央，然后把它们固定在窗玻璃上。这时我再从远处慢慢走近窗户，同时哼着一段适合出现在一部关于回忆、幻象和梦想的电影的开场的音乐。

*

秋天的一个下午，我读了会儿赞助人之女用铅笔在一位被遗忘的旅行家、自然哲学家的文选的空白处写下的笔记，之后像往常那样起身往窗边蹑去，并在不远处看见了她。秋天的迹象在平原的那部分地区并不明显。少数几棵外来树种的叶子在边缘处卷曲着。草坪上散落着并不可口的小浆果。远处的地平线看上去稍微没那么模糊了。

当她向房子这边走来时,她的脸有着出人意料的清晰,我想可能是因为这天的阳光里缺少了某种东西。但我不知道为什么她会破天荒地抬头望向我的窗户。

我站在离窗户几步远的地方,但并没有再往前走。站在平原上最古老的一些作品投下的阴影中,我竭力记住自己脑海中出现的一系列画面。那是一部电影的开场,也可能是结尾(或许那一幕能同时用于开场和结尾),一位年轻女子从平原之间的某个僻静之处走出。她走近一处巨大的农庄。她绕到房子的某座翼楼底下,透过窗户,看到一间套房,里面摆着玩具和一些蜡笔和水彩素描,那是一个孩子画的。接着她走到一片灌木丛中,望向一座花园,抑或是望向了在花园尽头处出现的平原,但那是只有她能看见的,因为她的身体挡在了镜头和她望向的东西之间,不管她望向的是什么。

最后,她走到草坪最裸露的那块坡地上。她游移不定地走着,仿佛在寻找某个难以发现但看见了就绝不会错过的东西(也许她曾在某处瞥见过它?)。

这时电影观众可能会做出这样的判断,即那位年轻女子并不是在表演——她那游移不定的动作是真的在寻找什么,而她寻找的东西连剧本的作者也只能去猜测。

接着，女子转过脸来正对着镜头，这时观众可能会觉得，她甚至不是在拍一部纪录片——那种让参与者尽量表现出平时的样子，而不要去考虑镜头的纪录片。她正望向镜头另一端看着她的人，仿佛她要寻找的东西就在那个方向。又或者，她可能只是不确定接下来该做什么：不确定剧作者想要什么。

*

赞助人的女儿终于转过身去，不再抬头望向我的窗户。在她走后，我搬了一张小桌子放到靠近窗户的地方，也就是她抬头看我时我所站的地方。我在桌子上又放了一把椅子，把我的开襟毛衣搭在椅背上。我站在椅子旁看了看，确保它能达到我肩膀的高度。

我需要给我的假人找个头。我把一个羽毛掸子粘在椅子上，调整好位置。但我猜测，那些没有光泽的大鸹尾羽从窗外应该很难看到，我自己的脸却苍白得很显眼。（这时我意识到，我在平原上的大部分时光都是在室内度过的。）在我文件柜最上面的那个抽屉里，装着一些没用过的稿纸。我抓了一把脆硬的白纸，把它们轻轻揉了揉，然后贴在掸子复叶般的羽毛上，再用胶带把它们粘好。

我检查了一下，确认赞助人的女儿已经走进了她自己住的那座翼楼。接着我走下楼，沿着小路走到她刚才抬头看的地方。我让自己站在那里，望向图书馆的那扇窗户。

我惊讶地发现，从外面看去，图书馆里竟显得那么昏暗。我平时总把图书馆里所有窗户的百叶窗都拉上，除了那扇窗户。可当我坐在书桌前时，仍能感觉到平原上猛烈的阳光。然而，现在那扇窗户周围却只笼罩着某种微光，完全看不见窗内的景象——只能看见我头顶那片天空的倒影。

我让自己在那里站了一会儿，直到和她刚才站着的时长差不多。我看到远处的天空倒映在窗玻璃上的光泽并不是它最初看上去的那样均匀的钢灰色，而是隐约有着纹路和斑驳的痕迹。我本以为那些苍白色的斑痕都是天边云朵的倒影导致的，可当我渐渐走远时，却发现有一处斑痕一动不动，它周围天空的倒影则会随着我的脚步变幻。

我刚才在看的那团模糊的白色斑痕，是我固定在假人身上用来代表自己的脸的那团白纸。那天下午从平原上归来的她，确实看到了我的脸，除非我的脸当时被天空中云朵的倒影遮住了。

*

我回到图书馆，拆掉了那个粗糙的假人。我用来代表自己的脸的那几张白纸已经变得皱巴巴，我把它们放到了那张大办公桌上，那是我从盛夏起便一直用来办公的桌子。我在办公桌旁坐下，试着用手把纸捋平了一些。接着我盯着那些白纸看了好久,仿佛纸上并非一片空白。我甚至在上面写了几个没有把握的句子,最终我还是把它们甩到了地上,继续原来的工作。

第二部

预备笔记：在平原地区生活了超过十年后，我仍必须问自己，我是否能把这里的人普遍称作"另一个澳大利亚"的那个地方彻底从我的毕生事业中抹去？我的难题并不在于周围的人不知道或不熟悉那个地方。如果是那样的话，我也许可以对一位一辈子都生活在平原地区的年轻女子说各种各样的谎言。我也许可以利用自己这辈子见过的各种平原人会感到陌生的事来突显自己的与众不同。（然而这显然行不通。难道我忘了平原人最普遍的特质之一，便是拒绝让陌生之物仅仅因为其陌生性而对他们的自由想象施加影响的那股执拗？多少个下午，我曾在这座图书馆里，摊开那些描绘了目前已知的平原地界的宏伟地图，欣赏着最受推崇的地图绘制学派的作品——他们把怪诞的族群和离奇的野兽安置在了最广为人知的地区，而对于其他学派在地图上空出的那些未知区域，他们则用看上去熟悉得令人沮丧的那些地貌加以填补。）

我的难题也不在于自己必须说服平原人，一个像我这样的人，曾经相信或极为认真地研究过某些歪理邪说（甚至曾试图以此安身立命），以为那些描述是符合平原的。然而，这座图书馆里还有一个不起眼的小凹室，专门收藏那些鲜有人问津的学者的作品。这些学者的工作往往吃力不讨好——他们放弃了对正统学科和平原本身尚待解答的问题的研究所能带来的满足感，转而专注于探究那种虚无缥缈或荒诞不经的平原，那是压根儿就没见过平原的人所描绘，甚至推崇的平原。

有一个我可能要考虑的难题是，《内陆》中有几个场景可以被解读为某个人的过往经历，而那人仍能回忆起远离平原的一些地方。即便是最迟钝的平原人，恐怕也不会把我的电影画面视作任何有关进步的叙事。我必须提醒自己，我已远离了那个认为人心的故事与受人心指引的肉体的故事并无不同的地方。在这座巨大的图书馆里，我曾见过许多可以无拘无束地去探索平原人本质的书，它们装满了一个又一个房间。许多作者的思想体系可谓稀奇古怪，陌生得令人摸不着头脑，甚至可以说是肆意跳脱了普通人的理解范畴。但迄今为止，我还没有见到一位作者试图把平原人描述成被自己肉体的枯荣所左右的人，更不要说每一个平原人在心性尚未强大到足以妥善支撑自己的肉体时，早年所遭遇的那些不幸了。

当然，平原的文献中有很多关于童年的记述。整卷整卷的书详尽地阐述了在势渐衰微的阳光下观察到的国家或大陆的地貌，据说它们只在那一时刻才存在——那是几乎一成不变的时光中难得的一些片刻，之后它们便被琐碎得甚至无法回忆起的事件吞没。而平原上最接近被澳大利亚边缘地区的人称为"哲学"的其中一个学科，便是源自一位观察者对他本人回忆起的一些场景的比较研究，以及他在掌握了对那些场景的适当描述技巧后所做的记述。

近年来，这一学科的重点已有所转移。对于一门学科来说，如果它的数据永远只属于某一位观察者独有，评论家们难免会感到某些沮丧。而这门学科的新分支无疑产生了许多更令人满意的猜想。难怪几乎每个有教养的平原人都会在自己的藏书室里为时下流行的这一学科保留一整个书架。甚至在看到那么整齐划一地套着醒目的黑色搭配丁香色的护封时，能有某种满足感。也唯有平原地区能让一家几乎只发行长篇专著的新出版社在几年时间里就名利双收，而那些专著探讨的则是以写作所谓"对错误记忆的回忆"而著称的作者们在他们富有争议的文章中的意象选择。

我本人也欣赏过那些拐弯抹角的论证和巨细无遗的阐释，它们着眼于细若游丝的关联和虚无缥缈的回响，最终胜利揭示出有某种主旨始终贯穿于结构松散甚至是南辕北辙的长篇巨著之中。与这些作品成千上万的读者一样，我也惊叹于这些作品所阐述的主题的核心之中蕴含的那些推论——竭力为那些推论辩解的人，同时也会承认它们是无法辩解的。与大多数平原人一样，我无意采纳任何这样的推论。宣称这些处于模棱两可的微妙平衡之中的推断已被以某种方式证实或令人信服，似乎是对其的一种贬损。任何这么做的人，都会显得像是一个贪图确定性的狂人，或者更糟，像一个出于最不堪的目的去使用文字的人，即试图为文字的效力辩解的愚人。

这些非同凡响的推论有一个很吸引人的地方，就是没有人可以用它们来改变自己对生活的理解。正是这一点，使得平原人在把最新的理论一个接一个地套用在自己所处的环境中时，收获了极大的乐趣。他们问自己，如果在我们所有的经验之中，没有什么比那些看上去如此微不足道以至于只能代表它们自身的短暂存在的发现更为实在，那还有什么是不可能的呢？如果一个人能安心地接受这样一个事实，即一种看法、一段记忆、一个推论不会因其无法被他人理解而有所贬损，反而因此得以强化，他又会如何重新组织自己的言行呢？如果一个人能被从对所谓真理的寻求中解放出来，只需要寻求专属于他本人的真理，他还有什么无法达成的呢？

在幸运的巧合下，就在我筹备一个旨在展示只有我自己能见之物的作品时，平原上最广泛讨论和实践的正是上述学科，而以上不过是我从这门学科中获得的启示的一小部分。我也不能忘了，有不少庄园主已经舍弃了这门新学科（这还没算那许许多多并不公开自己的阅读和写作的店员、小学教师、驯马师等人）。他们绝没有去声讨这门学科。相反，他们坚持表示，比起那些在周刊的读者来信栏上鼓吹其优点，并得意地晒出自己在某个猎鹌鹑的周末活动或羊毛场举行的舞会上与某本黑色加丁香色的书的作者合影的人，自己才是更彻底信奉这门学科的人。但这些心有不甘的研究者认为，这门学科的本质决定了，只要人们还有机会去比较各自对其的看法，或者就其主张达成哪怕是初步的一致，对其的追求都将是一种奢望。

这些人准备再等上几年。他们说，等到平原上的思想气候经历又一轮不可避免的缓慢周期性演变，且演变过半时，尽管那时平原人仍可能偏爱那些看上去仿佛是从过去的深渊中浮现的散文诗、奏鸣曲、提线木偶假面剧或浅浮雕艺术，但在任何一个那时仍幽灵般徘徊于当今学科的废墟之上的人看来，当今的那些重大问题都将显得遥远而陌生。

我提到的这些学者里甚至没有人能够猜测，当他们最终打开那些在图书馆幽暗角落里沉睡着的书籍时，有多少缕午后的阳光已日复一日地将书页上光滑的墨迹蚕食、漂白。相反，这些人谈论的是那样一种独特的乐趣，即当他们在一位被遗忘的作家的告白文字中偶然发现了不同隐喻之间意外的关联时，知道他们这一宝贵的发现对于其他人毫无价值的那种乐趣。他们可能会将多年前就已被丢弃甚至已名誉扫地的某个东西，视为最能代表他们个人愿景的标志物之一，那是所有平原人都在追寻的那种属于个人的愿景。他们说，在所有研究之中，最有收获的便是从思想的历史中复原某些遗迹过往的光辉。不论你为它找到了什么用途，或在它长期晦暗的表象下找到怎样的闪光点，你总能带着一股愉悦去怀疑自己对它的判断。那些你以为已经完满的珍贵洞见，有一天可能会因为在一段过时的文字中发现的区区一个脚注而有了新的扩充。尽管你会因拥有某些被忽视的观念和被废弃的想法而志得意满，但你也必须承认，在你之前的时代，已经有人从不同的角度对它们进行过考量。

我再次提醒自己——在所有源自平原人对失去和变化的认识的艺术和科学之中，没有哪位思想家曾认真对待过这样一种可能性，即认为一个人在其人生中某一时刻的状态，可以通过对这个人在那一时刻之前的某个时刻的研究加以了解。尽管平原人痴迷于对童年和青少年时期的研究，但他们从未考虑过这样一种理论（除了将其作为不证自明的谬论举例以外），即一个人的性格缺陷始于他早期的不幸经历，以及从这一理论推导出的结果，即人生是从最初的幸福状态每况愈下的过程，而我们的喜乐不过是我们的欲望和环境妥协的结果。

我多年来的阅读以及与平原人（包括与这家的家主，我那捉摸不定的赞助人，那位如今只在寻找历史上某种陶艺风格的彩色盘子时才会造访图书馆的人）的长谈使我确信，这里的人将人的一生视为另一种形式的平原。他们对所谓"时光之旅"之类的陈词滥调不屑一顾。（我几乎每天都会惊讶地发现，真正旅行过的平原人竟如此之少。即便是在他们的"黄金时代"，所谓的"大探索的世纪"，每出现一位因发现新领土而闻名的拓荒者，也对应有几十个通过描述他们自己那一小片弹丸之地而同样闻名的人，仿佛他们所在之地比最新发现的边疆还要遥远。）但是，在他们的话语与歌谣中，他们不断暗示着一个**时间**的概念，它就像他们熟悉而又敬畏的平原那样，或朝他们汇聚而来，或离他们渐渐远去。

当一个人提到自己的青少年时代时，他使用的语言似乎不是在谈论某个已经逝去的东西，而往往像是在指向某个地方，一个不会被任何**时间**的观念所遮挡或阻碍的地方。住在这个地方的人，可以随时去探索它的特性（这种特性使平原人着迷，正如"上帝"或"无限"这样的概念使其他人着迷那样），就像现在的人可以随时去探索他自己所在地方的特性一样。当然，对于一个人和青少年时期的他各自在试图理解自己所处的独特境遇时遭遇的那些失败，人们也所思甚多。二者常被用来与毗邻地区的居住者们相比较，这些人试图绘制出所有他们可能认为是必须了解或乐于了解的那些平原的地图，同时他们也都同意每个人的地图里可能会包含一部分属于他人的疆界，但他们最终又会发现那两幅地图无法严丝合缝地合并到一起，发现彼此都会为那片介于自己能占有的最后一块区域与自己无权占有的第一块区域之间的模糊地带据理力争。（幸好我眼下的任务使我无须顾及那一不可小觑的思想学派，他们坚持认为所有的知识——有些人甚至认为，也包括所有的艺术——都应源自那片无人能明确占有的朦胧之地。总有一天，我一定要满足一下自己对他们提出的所谓"间隙平原"理论的好奇心。那是地理学的一个古怪分支，而所谓的"间隙平原"从其定义上说，是指永远无法到达却与每一片可能存在的平原毗邻，并为其提供入口的那片平原。）

因此，当我的赞助人若有所思地望着与他多年前见过并摸过的某片瓷砖仅是略有相似的那几片瓷砖的釉面上那不均匀的半透明材质以及其中极为浓烈的绿色和金色时，从任何粗略意义上说，他都绝非是在试图"重温"过去的某次经历。如果他是那样想的话，他可以散步到东南翼楼的某处柱廊或庭院里，在那里便有他试图在脑中唤起的色调，它反射着午后的阳光，或反射着被反射的阳光留下的余光，就连我都不禁钦慕那可能永远不会再在那些精心维护的廊柱、路面和泳池之中出现的猜想中的绿色。当他连续数小时默默沉浸在研究中时，绝不意味着他在无视当下平原上的各种动静。如果我对他的了解没错的话，他正平心静气地想着庭院中的另一个下午，在那里，就连平原上的"大寂静"都被挡在了墙外，因为那里有着比平原上更引人深思的寂静；在那里，釉面黏土发出的也许是无法再现的光泽，使得那绿色和金色加倍浓郁，那颜色甚至比在另一头空旷草原上的那种罕见的色调更背离人们的普遍偏好。他想要的是所有那些无法复原的东西，但它四周必须被熟悉的地貌所包围。他希望自身事物的图示能匹配平原人最钟爱的那种样式——一个被无比熟悉的日常事物包围的神秘地带。像他这样的人，必定希望这些寂静的下午可以让那种众所周知的样式更进一步。那个平静地研究着那些装饰质朴的瓷砖的色泽和质地的人承认，那些看上去尽在他的掌握、尽收于他的眼底的瓷砖的完整内涵，取决于另一个用手抚摸被午后阳光照暖的瓷砖墙面的人，而那人的知觉中还包含有这样一种认识，即还会有另一个人接近领悟那势渐衰微的阳光和熠熠生辉的色彩同时出现时蕴含的深意，同时他怀疑那样一个时刻的真实含义又取决于在他之外的另一个人，那人看得更远、感受得更深、琢磨得更透。

有时我怀疑我的赞助人对于**时间**的观念是否和他声称自己所属的正统学派相一致。在他与我偶有的几次讨论中，他曾为《时间，平原的反面》里提出的理论辩护，并将其与时兴的其他四个理论进行比较。但我发现他的论证过于巧妙。我对平原人思维习惯的了解足以让我知道，他们更偏爱那些不能完全解释眼前问题的理论。我的赞助人对于他所感知到的那种**时间**的对称性和完整性所刻意表现出的那种愉悦，可能表明了他正在私下研究另外四个流行理论中的一个，更有可能的是，他已不由得成了那些"教义上的独行者"之一，那些人意识到了那样一种"**时间**"的存在，而只有他们自己才能感知它的真正形态。直到不久前，那些人得到的评价还能与五大学派的追随者们平起平坐。然而，自从他们中更狂热的一些人把他们那有如私人迷宫般的**时间**作为背景安置在自己的诗歌、散文和那些尚未有合适名字的新型作品（一些作品支离破碎得无可救药，另一些则几乎重复到让人难以忍受）中以后，评论家们——甚至也包括那些通常较为宽容的普通读者——已经对他们感到不耐烦了。

这可能并非因为普通平原人认为这种做法莫名其妙，或破坏了他们自己钟爱的阐释**时间**这一主题的方法的范围和多样性。平原人一般偏向于相信独行的先知的洞见，但这个问题似乎是少数的一个例外。可能正如一些评论家不久前才断言的那样，五大理论仍如此不完整，如此充满了模糊的空间，因此即便是最有原创性的思想家，也应该把他的矛盾景观和模棱两可的宇宙观安置在其广阔的空白之中。也可能那些反对得最厉害的人——尽管他们的人数几乎和五大学派的人数旗鼓相当——是另一个从未被清楚阐明过的理论的秘密信徒。这是一个给自己拆台的主张，即认为没有任何人能就**时间**的含义达成共识；人们无法预测关于它的任何事；我们所有关于它的说法都只是用来填补我们平原上那令人畏惧的虚空，填补那能让我们超越平原的唯一维度的缺失的记忆。在那种情况下，反对那些任性的研究者的人，不过是在试图避免那些异端分子中有人找到了能将此主张向他人阐明的方法。（几乎可以肯定，那将会通过诗歌或某个深奥难懂的虚构故事来实现。平原人很少会被逻辑说服。巧妙的逻辑伎俩很容易让人分心，他们主要将其用来设计精巧的室内游戏。）这些反对者所担心的是，新的**时间**观可能会消除平原人在无数次研究万物的易变性时所苦心营造的奇思妙想。他们可能会发现自己都生活在这样一个永恒的平原上，只有那些能够用自己创造的时光欺骗自己或在无人揣摩的岁月里假造信仰的人才能生存下去。

几年前，我曾经不住诱惑，去到图书馆的一角，那里的书架上关于**时间**的伟大作品满得都要溢出来了——人们一度以为在可预见的未来，那些书架足以容纳这类作品。我注意到，我赞助人的妻子在每日造访图书馆时，也会被同一个角落吸引。她并不比我年长，在平原人的传统审美看来，她仍是美丽的。她很少从周围高耸的书堆中抽出一本来品读，而只是盯着各式各样的书名看，偶尔会拿起一本彩色封面的书在手上摆弄。她特别关注房间西面墙上的窗帘。有时，她会把那蜜色的大窗帘拉拢一些，使得她周围的光线看上去突然变得更厚重了（尽管那光线仍是捉摸不定）。有时，她又会把同样的窗帘拉开，让势渐衰微的阳光和裸露的草原上闪烁的光芒将成百上千件献给**时**

间的作品上纷繁的光彩抹去。

我对她几乎一无所知。在我与她丈夫的所有私人谈话中（每个月他都会在他那由套房改成的工作室里和我进行一次私人谈话），他从来没有提到过自己的妻子。这位妻子在这房子里已度过了如此多的下午，透过它数不胜数的窗户，她可能已经见过从三千个不同的平原上折射的阳光。

我知道，我的赞助人遵循着所有杰出的平原人都有的习惯，即在他私下从事的每一项艺术创作中，都要拐弯抹角地向一位无名的妻子致敬。然而，我的赞助人在提及自己的妻子时，比一般人更为隐晦。如果他把那些寂静的时光用来创作叙事歌谣的诗句，我可能会更接近了解这个女人的故事。因为每一首平原歌谣都会从它无休止的演绎和离题中一而再地返回到某些明确的母题上。或者，如果他能经常造访那些无人问津的房间，那里原封不动地矗立着他祖父留下的巨大的织布机，我也许能看到他的妻子怎样出现在他为他们两人设想的场景中。因为平原上的织布人只会假装把有关女性的主题藏在他们绝不可能目睹的场景中。然而，当这个女人置身于平原上反射的微光和阐释**时间**的那些作品上反射的缤纷光彩之间时，唯一有可能诠释她的遐想的那个男人，除了制作一些绿釉壁饰和姿势含义不明的小雕像，再无更明确的表达。我从他深夜时偶然吐露的言论中得知，他希望通过那些讳莫如深的隐秘作品，究竟想传达出怎样丰富的含义。我知道平原人通常认为，所有的艺术都不过是千变万化的景观中能让人看见的一些微不足道的迹象，就连艺术家本人都很难察觉，因此他们在面对哪怕是最顽固或最天真的作品时，也会完全带着接纳的心态，并愿意被带入使人眼花缭乱的"景之景"中。然而，我曾站在这座房子翼楼之间的安静庭院里，那里没有平原的景色让我分心，我看着自己身后厚薄不一而又形状多变的云朵如何在我面前的绿色墙壁上时而产生某个无边深远的幻象，时而又看不到任何接近地平线的东西。与此同时，我始终在寻觅着那片不确定之地上任何看上去可能代表某种主题的东西：追踪某处瑕疵或手印的来龙去脉，它们可能暗示着在一片变幻莫测的风景里摇摆不定却又挥之不去的某种人类习性；在交替地占据主导的不同质地之间，努力觉察出某些强有力的极端力量间的较量；或断定艺术家本人没有注意到的某些像是通过独特的感知指向某个私人地界的东西，可能换一个角度看，会在另一位观察者眼中被看作另一个地界的某些残迹。

因此我只能猜测，当那个男人和他的妻子在那些年里继续固守在各自的位置上时（她站在图书馆朝西的窗边，在一面书墙和平原之间，墙上摆满了她难得打开的那些色彩斑斓的书籍，平原上则再次日渐西沉，其含义仍远未显明；他则在一个有围墙的庭院里整日背对着少数几扇朝向平原、挂满蜘蛛网的窗户，他的脸贴近彩色的黏土，他宣称自己在黏土上看见的东西，只有他过往的岁月能将其显露），两人都表现得好像还有时间从对方那里听到某种形式的话语，可以承认长期以来未曾实现的某些可能性，只因两人都已对用话语的形式来表现那些事感到绝望。

然而，也有一些日子里，女人会更加深入地探索那些专门收藏有关**时间**这一主题的作品的房间，并坐在其中一个朝南的小窗台边上，阅读一些不那么为人重视的哲学家的作品。（即便是在如此远离"另一个澳大利亚"的地方，我偶尔也会想起在那里被称为哲学的东西。几乎每一天，当我从这张办公桌旁起身，漫步在一条不常走的路线上时，我都会在专门收藏哲学书籍的那些房间和窗台边惊喜地看到一些在我的家乡绝不会被归为哲学的作品。）她最常读的那些书，是在"另一个澳大利亚"可能会被称为小说的书，尽管我不相信那些作品能在那里找到出版商或读者。但在平原地区，它们构成了道德哲学的一个备受推崇的分支。为了方便起见，那些作者将自己研究的对象权且称为"平原人之魂"。他们没有谈及任何与这一术语相对应的实体的本质，而是把这一问题留给公认的专家——那些最神秘的诗歌的评论家去探讨。但他们详细描述了其毋庸置疑的影响。这些学者从他们自己以及从彼此的经验中（这是一个联系紧密、几乎排外的群体，他们会与同事以及竞争对手的姐妹或女儿结婚，并让自己的孩子也从事这项艰巨的工作）分离出某些遗憾、失落或匮乏的情形。他们接着对这些情形加以研究，试图找出某个更为早期的情形的痕迹——在那一情形下曾应许的某些东西，后来并未能实现。那些有时被称为"易逝之物的维护者"的学者，几乎总会发现，早期的经历实际上并未预示着在不确定的将来会有任何满足感的增加。但他们并未接着提出这样的主张，说后期的经历毫无价值，或平原人应当摒弃任何对将来之安慰的期待。他们更没有说不存在持久的快乐。相反，他们将人们的注意力引到一个在人类生活中反复出现的规律之中——当一个人短暂地感知到无限美好之事的应许后，接着那美好之事便发生在某个既未预料到也未认出它的人身上。他们表示，对此的恰当反应是顺服于所有看似令人失望之事的强力，但并非带着一种被剥夺了应得的幸福的感觉，而是因为不再去假设常存的快乐，将能让人对其有更清楚的认识。

那时我猜测，那个每天下午坐在那里，好奇于自己曾在某个奇异的平原上瞥见过的一对夫妇后来怎么样了的女人，已经说服自己，她不该认为自己有一天将会走近他们，或走近他们那片奇特的景色。每当她穿过空荡荡的走廊，路过那些寂静的房间（她曾在那些房间里希望说出或听到那些能将她周围的平原与她只能臆想的那个平原联系在一起的词句），来到没有窗户的那个角落，试图从所谓的"失落之物的哲学家"那里得到严肃的慰藉时，我都会觉得她已经被他们的学说征服了。在那种情况下，当我偷偷看着她时，她所思索的并非自己如今所在之地与另一个女人的府邸和大庄园之间那不确定的距离，而是她自己可能尚未涉足的那片广袤而又模糊的平原。因为那一学派的思想家不屑于去思考这样一个问题，即某个可能性，一旦被人加以考虑，是否有一天会有一系列蹩脚的事件与之对应。他们只关注可能性本身，并根据这一可能性的广度，以及其在被人漫不经心地称为"现实"的这一视觉和听觉的无序组合之外所能存在的时间长度，而判断其价值。一些平原人甚至可能认为，所谓的"现实"代表了所有可能性的覆灭。

女人或许因此可以认为，与一位尚未对自己的行为做出过解释的男人一起在未曾料见过的平原上生活如此多年的主要优势在于，这让她曾得以假设那样一个女人的存在，在那个女人未来的可能性之中，甚至包含了那样一种不太可能的可能性，即与一位绝不会对自己的行为做出解释的男人一起在未曾料见过的平原上度过后半生的可能性。

平原上的哲学包含了如此之多我曾认为属于小说的主题，以至于我赞助人的妻子可能早就读过了我在沿着从各个不同的注脚发散出的分支追寻那些有关**时间**的体量巨大而又只是沧海一粟的研究（所谓"不可及的平原"）的那些年里翻阅过的某些著作。（那些冗长而又令人费解的文字，描述的可能只是一些人生命中的某些瞬间，这些瞬间却被描述成他们个人历史上的主要事件。）我觉得，她一定读过至少一个类似这样的故事：故事讲述的是一个男人和一个女人，他们只见过一面，但他们从彼此往来的彬彬有礼的表情和话语中获得了如此丰富的应许，使得两人都认为，他们不该再见面。而当她继续阅读有关这对恋人之后生活的描写时，她一定也明白了，她在这座房子里度过的那些年月只是她自己的故事里微不足道的一部分。那些始终沉默的下午，那些摇曳着的、转瞬即逝的柔和暮光，甚至那些看上去仿佛要在平原上恢复某种她还没有完全放弃的东西的早晨——这些都是她本可以过的生活的蛛丝马迹：那是多年以前，因她和一个年轻男人之间的一次无言的交流而产生的包含无限可能的风景；他本可以带她去任何地方，除了他曾应许要带她去的这片平原。一种默契似乎在我与她之间萌生（虽然我们从不说话，甚至当我们中的一位在图书馆里望向对面时，对方的目光也总会转向某本书的书页或某张尚待书写的稿纸上），我甚至有了这样一种想法，希望她相信自己在这个地方度过的岁月是有价值的，正如她最喜欢的哲学家们为所有那些看上去似乎徒劳无益的生活所赋予的价值。因为她钟爱的那些哲学家把所谓的历史看作一种空洞的姿态和欠考虑的言辞，部分是为了满足那些执迷于可安心预测之物的人的那种狭隘的期待，主要还是给有洞察力的人提供一个区间，去设想他们知道永远不会发生的事。这些哲学家中的某些人甚至会说，当一个年轻女人遇见了一个她认为再也不会出现的男人，而这个男人也认为她是一个再也不会出现的女人时,在所有可以想见的潜在后续之中,她度过的那些忧心岁月是唯一得当的一个。对这些人而言(他们的作品被藏在一个不容易发现的偏远书架上,但她在图书馆的这么多年里,至少有见过的可能),人的一生不过是一个用来证明某个瞬间的机会,那个瞬间与其后发生的一切完全无关,并且后来所有寡淡的岁月都不过是愈加彰显其珍贵的证据。

当然,我们也曾在其他地方、其他时刻见面并彼此交换礼貌的言语。但我在图书馆一角远远看见她时,总觉得自己无法去靠近她。长期以来,我受缚于自己想法的轻微,总觉得在那样的情境下说出那些想法会让它们显得微不足道。我觉得自己无权开口,除非我是要就身旁的某一本书里的观点展开讨论。在我看来,图书馆里持续的沉默,就像是一位发言人在陈述完自己的观点后,轻蔑地等待着第一个质疑的声音时所默许的停顿,只不过这里有成群的发言人,而那沉默已许多年未被打破。

然而,几个月来,她几乎每天下午都会来图书馆,坐在我和标有"**时间**"的那些书架之间,我愈发觉得必须向她说些什么。我感到我们之间未说出口的那些话仿佛日积月累成了一摞未曾打开的书,如同我们头顶上方高耸着的那些书架一样,使人望而生畏。也许正是这种感觉促使我做了这样一个计划,即在我完成《内陆》的预备笔记后,在正式开始电影剧本的写作之前,我要写一本小书,可能是一本短文集,来把我和那个女人之间的事说清楚。我的赞助人有几个不常用的出版品牌，是专为他的门客准备的，用来出版尚在制作中的样书或书籍旁注，我打算从中选择一个来私下发行我那本书。并且我会把那本书的主题加以虚饰，使得这里的图书馆员将其摆放在女人每天下午都会造访的那几排书架之中。

这些是我的计划里可以预见的部分。唯一不确定的部分在最后——我没法确保女人在她有生之年会打开我的书。在我计划继续在这座府邸里度过的五年或十年时间里，我会在每天下午观察她，但可能永远都不会见到她哪怕是走近那些本可以解释我的沉默的文字。

但我并未因她可能永远不会读到我的文字而困扰太久。如果我们之间发生的一切只是作为一种可能性而存在，我的目标应该是扩大她对我可能的猜测范围。她应该获得的不是具体的信息，而是一些几乎不足以辨认出我的事实。简言之，她不该读我写的哪怕一个字，尽管她该知道，我写了一些她可能会读到的东西。

因此，有那么一段时间，我曾一度计划要写这本书，并将其出版，但只分发给一小部分评论家（他们必须先出一份书面保证，绝不将此书外传），同时给我所在的这间图书馆分发一份。等到那本书在图书馆上架的那一天，在确保有关它的信息已经被完整收录进馆藏目录后，我会悄悄把它从书架上取下，并自行保管。

但这个计划也没能让我满意多久。只要还有一本我的书存世，我和她之间的那种默契就会受到局限。更糟糕的是（由于我不希望我们的关系被通常的时间和地点的观念所局限），在我们死后，没有人能确定她生前是否从未找到并打开过那本书。我还想过，这本书可以只印一本，给这里的图书管理员，等它被收进馆藏目录后，我立马将其拿走销毁。后世的人仍可能会想，有一本书存在（或曾经存在），而那本书里提到的那个女人至少曾翻阅过它。

我再次修改了我的计划。这里的馆藏目录里收录了一份清单，上面列的是这座图书馆从未收录过的一些值得关注的书目，它们是平原上其他大家族的私人馆藏。我会把自己的书全部自行保管，并在那份清单上插入一个条目，就说其中一本收藏于某个不存在的地区的一座虚构的图书馆里。

到了这时候，我已经开始问自己，有没有可能那个女人已经写了一本书，来向我解释她的处境。正是由于我自己不愿去寻找那本书，使得我最终下定决心，不再写什么书，也不放出任何暗示我曾经写过或曾打算写这样一本书的消息。

在做了这个决定以后，我希望女人和我能在图书馆各自的区域里互不打扰，但两人又都能笃定存在这样一种可能性，即我们可能在年轻时遇见对方并结为夫妇，我们对彼此的了解将如任何一对这样的夫妇在半辈子里所了解的那样。我很快又发现了让我不满意的地方（也许，我在所有可能性中都会感到不满意）。当我抱有哪怕一丝我们俩会是夫妇的想法时，我不得不承认，哪怕是那样的一对夫妇，也必须有一个可能的世界，来和他们所在的现实世界加以平衡。而在那样一个可能的世界里，会有一对夫妇，各自沉默地坐在图书馆的一角。我们对彼此几乎一无所知，我们无法想象我们之间会发生点别的事，否则环绕着我们的那些世界的平衡将会被打破。在想象里，我们置身于其他任何境遇中，都是对可能是我们的那些人的背叛。

我产生这样的想法已经有一段**时间**了。自那以后，我一直尽量避免去到图书馆那些收藏着日益拥挤的诠释时间之作的房间。有时，当我路过图书馆的那片区域时，为容纳新书而添置的几个书架在重新排列后却兜兜转转地将我带到了我之前观察那个女人时所在的某个房间。她似乎比我记忆中坐得要远一些。变动后的书架和隔板的布局已在她和我之间隔出了一条路，随着图书馆的这片区域成为静静地摆放在其中心位置的那些献给**时间**的书籍里提到的某种样式的外在象征，那条路终将变为一堵堵书墙之间迷宫般的小径。

我偶尔也会因为看到她而高兴，那时她离拥挤的书架如此之近，以至于她苍白的面容会短暂地被周围那些颜色更为艳丽的护封映亮。我宁愿自己不要在献给**时间**的那片区域出现，不管我对于一切可能发生在我身上的事，抱有怎样与平原人貌似相近的看法。我有一种也许是非理性的恐惧，害怕自己被那些差一点就发生的事的画面所迷惑。与真正的平原人不同，我不想过于靠近去审视那些差一点便会是我自己的人所过的生活。（当初正是这一恐惧将我带到了平原地区：这个唯一能让我不再需要为那些可能性而担忧的地方。）这座图书馆里密密麻麻地摆放着那么多思辨性的作品；那么多章节，一章接着一章，都出现在括号里；那么多注释和说明，围绕着有如涓涓细流的正文。——我害怕在某个不甚出名的平原人所写的某篇不甚出彩的文章中发现一段不甚笃定的文字，描述的是一个与我不能说不甚相像的人，那人从未停止对平原的思索，却从未踏上平原。

因此，我现在对于那些将**时间**表现得如同是另一种形式的平原的书籍敬而远之。我不希望被看作，哪怕是被那个沉默地置身于引人争论不休的书海中的女人看作，是一个看见**时间**（所谓"不可见的平原"）的男人，或一个靠近**时间**（所谓"不可及的平原"）的男人，或一个找到从**时间**（所谓"无路可走的平原"）那里往回走的路的男人，或一个哪怕只是被**时间**（所谓"无边可限的平原"）包围的男人。当我最终向平原人解释自己的想法时，我必须显得对自己的**时间**观非常有把握。那时围绕在我身旁的光线将是昏暗的；地点也许就在这座图书馆里，在我尚未去过的许多房间中的一个房间里。我的观众都知道，在外面的平原之上，漫长的下午可能来了又去。他们只关心那些电影画面如何讲述一个人从闻所未闻的角度去观察平原。即使他们的目光偶尔从电影画面转向其创作者，也只能看到我那张在摇曳的彩色画面映衬下的昏暗的脸，那些画面来自一个他们都隐约有些熟悉的**时间**。

如今，既然已不必向我赞助人的妻子解释自己的想法，我不得不去直面自己在所谓的"月度黄昏聚会"时的困惑。我不认为在那些简短而友好的聚会上有任何人有意让我感到不安。我们常常沉默地坐在主客厅里，那是唯一一个看不见平原而只能看见高高的树篱和修剪过的茂密树木的客厅，仿佛不合时宜的某片森林或者说某种人为的风景已将我们和平原分离，给人一种不可想象的事最终发生了的感觉，而这一切都是为了鼓励更自由和更具思辨性的想法。等到我们的赞助人认为房间里的光线已经够暗时（按惯例，会有一位仆人把一小幅镶框的风景画放在离他最近的客人手中，在他看不清那幅画时就表示时候到了），大家便会离开，不会有任何仪式。依据聚会精神，我们会想，如果有人在那日渐幽暗的黄昏之时发表自己的见解，我们本可以学到什么。

我又怎么会被黄昏时分那些只言片语困扰呢？在场的人都只会说一些最不出人意料的话——发表一些最简短而又陈腐的观点——并试图给人这样一种印象，即他们接受正式邀请并走了半天的路来到这里，并非要说或者听什么重要的话。我的困惑其实是在那些漫长的沉默期间，在将自己与更有名望的那些客人比较时产生的：那时我仍然打算创作出一件惊世之作。

我的赞助人会邀请平原上的一些隐士去参加他的黄昏聚会。当他们的目标是不说也不做任何能被称为"成就"的事时，我又怎么能描述他们呢？就连"隐士"这个词都不太贴切，因为他们中的大多数人面对邀请都会欣然前往，也会在自家招待宾客，而非引人注目地一意孤行、离群索居。他们衣着不显破旧，举止也不显粗野。在我见过的这些人中，唯一以行为古怪著称的是这样一个人：每年初春时节，他都会带着一个仆人进行为期数周的跨越平原之旅；他会坐在汽车的后座，但从不会拉开车上的深色窗帘，也从不会离开他在旅途中停留过的任何城镇的酒店房间。

由于这些人从未说过或写过任何东西，来解释他们为什么偏爱在自己那不起眼的房子后方的套间里，过着不引人注目且不被抱负所困的生活，我只能说，我在他们每个人身上都感到了一种热忱，要证明平原并非许多平原人以为的那个样子。平原既非一个恢宏的剧院，会为上演的事件增添光彩；也非一个供各色人等探索的旷野。平原不过是一个能为某些人提供便利的隐喻之源，这些人知道，生活的意义都是人们自己创造的。

当我在黄昏时分坐在那群人中间时，我明白他们的沉默旨在表明这个世界并非一处风景。我想知道，我所见过的东西是否真的适合作为艺术创作的主题。

在我看来，真正有洞察力的人似乎是那些把脸转过去不看平原的人。不过第二天早晨的日出驱散了这些困惑，就在我开始无法直视耀眼的地平线时，我确信，物之不可见，只是因其被照得过亮。

不，（回到这篇笔记的主题上来，）平原人不太可能把我要展示给他们的东西误当作某种历史。即便我以一种在我看来是探险故事的方式——讲述我最初是如何揣摩到平原地区的存在，如何来到这个地区，如何学习这里的生活方式并宣称自己是一位电影制作人，以及如何继续深入这片地区，来到这个曾经显得遥不可及的地方——将其呈现给我的观众，这些已经习惯于在看似连续的事件中看出它们之间的真实关联的平原人，也会明白我真正要表达的意思。

不，尽管这听上去有些荒唐，但我最大的难题，同时也很可能是我在电影拍摄之前要做的更深入的笔记的主题，在于那个年轻女人（她的形象本该比上千英里的平原有着更大的意义）可能永远无法理解我希望她做的事。

在这座图书馆所有房间的所有窗户之中，只有一扇窗户能让我偶尔瞥见赞助人的大女儿在最近处的几个玻璃暖房之间穿梭时的样子。（我得早日研究一下，为什么她更喜欢走在那些玻璃暖房之间潮湿的林荫道上，而非园林里有风吹过的空地上，走在平原地区的本土树木之间。）她几乎还是个孩子，因此我要注意，不能被人看到我在观察她，哪怕我离得很远。（其中有一个玻璃暖房,她会长时间在那里驻足。如果我能在这座图书馆某个我尚不知晓的区域找到一扇合适的窗户,我将可以尽情地盯着她看。哪怕她把目光从某朵与这片平原格格不入的花儿身上挪开,转而望向高处,她也肯定不会看见藏在阴影下的我。透过包围着她的有色玻璃,除了那些来自异域的枝叶和她自己那苍白的脸庞的倒影,她只能看见我幽暗身影前方的那片窗玻璃。)尽管如此,我仍一直试图说服她父亲,希望他能允许我把自己对平原的一些研究提供给她的家庭教师们。我希望她能对她只在少数几个正式场合下(家中最年长的孩子这时会被允许参与其中),在会客厅里远远望见过的那个男人,以及传闻中那个男人设想出的能表现出最隐晦的那片平原的方法感到好奇。我的赞助人只有一次同意我将自己的一些发现,以及我仍在筹备中的那个项目的简介递交给她的教师长。

自那之后的几个月里,他们只给我看过那个女孩写的一小段文字,摘自她为某个专门编撰平原各地区的"写生簿"的人的作品所写的一系列评论文章。我自然认出了她在其中(用她优美的字迹)简要提到我的部分,但情况并不乐观。如果她仅仅是误解了我的意图里某些更具体的内容,我还能给她准备一份更加清晰的说明,但她似乎连我为什么出现在她家都不清楚。这并非一个细究她所想象的我的形象的好时机。我只能说,如果我不把自己来到平原地区生活的来龙去脉都说清楚，而仅仅以一个来自澳大利亚最外围地区的猎奇者的形象示人，那她的期望，哪怕是最小的一点儿期望，都很难被满足。

第三部

我仍固守在图书馆中，尽管那里并不总是我需要的让人心安的庇护所。诚然，我的赞助人很少会在晚上打扰我，因此我尽可以在这里所有的房间和过道里都点上一排排的灯，整夜不受打扰地在那些装满了我还没有细读过的书籍的房间里漫步。但我更喜欢在白天工作，高高的窗户和色彩斑驳的书籍分列在我两旁，让我觉得自己依然在两大问题之间保持着平衡。

那两个问题似乎比几年前更令人生畏了。当窗帘没被拉上时，透过那许多窗户，我所望见的景色只能用"丘陵"这个词来表示——坡地连绵起伏，层层叠叠，深谷中遍布着一丛又一丛紧密相连的树木。府上的人不理解为什么我会对那些山丘这么感兴趣。没有人把它们看作任何具有地标意义的景观。那整片区域是以山谷流淌的五条小溪而得名的。当我表示那片丘陵地貌对平原地区而言非比寻常时，我不由得想到，这里的人在关注他们眼中作为整体的平原时，往往会忽视夹杂其中的一些地貌。我眼中别具一格、值得研究的那片地貌，在他们看来，在妥善考虑后，不过是平原的一个局部。而在另一头，在那些摆满了书籍的房间里，同样有许多让我困惑不已的事。我本以为自己对平原上的著作已有足够了解，可以在任何一座图书馆里找到与我的毕生心血最接近的那些主题。但在那些迷宫般的房间和附属空间里，我好不容易熟悉了的分类法似乎又被弃用了。这座馆藏丰富的图书馆的主人，还有他的那些驻馆馆员和手稿看管人，似乎一致同意采用这样一种分类法，以至于依照我所知的平原惯例来看毫无关联的一些作品也被混在了一起。在某些下午，想到那片在我的窗户和著名的地平线之间的叫人不安的山脊，以及那些排列顺序令人捉摸不透、差异不断被模糊化的作品，我不免怀疑，我迄今为止的所有研究，是否都不过是对平原那极具欺骗性的表象的一隅之见。

　　有时，在饱受这一想法的困扰后，我甚至会希望我的赞助人能早日再邀请我去参加他的"取景"，尽管我在来到这里的头几年里曾将其视为无聊且让人分心的活动。

　　有时我会连续几个星期不和府上的人说话。我会坐着读书，并试着写点东西，与此同时，我在等待着某个我只能说是必定会牵扯到我的隐形事件的明确征兆。接着，在持续数日的好天气终于要结束的一天上午，天空中阴云密布，这一整天都将处于暴雨将至的威胁下，而正如闷热的空气预示着天色将变那样，我可能也期待着一个启示降临的午后，这时我会收到消息，邀请我去参加某个取景活动。

我曾一度觉得，"取景"这个词是那家人府上当时使用的众多对他们而言具有独特含义的词语里最词不达意的一个。起初我以为它不过是一个突发奇想的替代词，用来描述一家人精心安排的持续一整天的一次前往没有名字的偏远角落的旅行（有好几个常用词都能表达这个意思）。我曾跟着其他大家族的人一起参加过这样的郊游活动。我尤其喜欢他们在没有窗户的大帐篷里虚度光阴的习惯：安安静静地喝着酒，喝上一整天，同时听着草叶拍打帐篷的半透明外壁的声音，在连绵数英里的茫茫草地上，他们会装作不知身在何处。（对有些人来说，这并非一种假装。他们在早餐时便开始饮酒，这时汽车和货车正在装行李，女人们则远远地在关着的门背后，穿戴上这种场合所要求的正装。还有一些人也许猜到了他们在上千个类似的地方中最终去了哪里，在回家的漫长旅途中，他们却已醉得不省人事，尽管他们仍然坐得笔直，穿着得体，第二天他们却什么也不记得了。）

后来我发现，我的赞助人频繁使用"取景"这个词，并不只是为了让这个词成为他所在地区通用的一种说法。他花了大量的午后时间，根据他想要的姿态从成群的宾客中筛选出一批男女，然后给他们拍照。他用的是一部简单的老式相机，是从他宽敞的汽车后备厢里总带着的五六部相机里匆匆拿的一部。胶卷则是从一个偏远小镇上的一家商店里买来的黑白胶卷，那家店的店主习惯于满足庄园主们无利可图的奇思异想。最后冲印出的照片造型乏味，少数几个愿意费心去看一眼的人给出的评价都不温不火。

这个男人——他在勉为其难的拍摄对象间迈着大步，时而停下来，从仍握在手中的玻璃杯里喝上一大口酒，或者看一眼从外套里掏出的一捆潦草的笔记——告诉我，他对所谓的摄影艺术一点也不感兴趣。对于那些鼓吹相机的功用的人，他要告诉他们，他们那些精巧的玩具和人眼在结构上看似相似的地方，已将他们带入了歧途。他们以为自己那些被染上颜色的相纸，展示了一个人在自身之外看见的某些东西——他们称之为可见的世界。但他们从未想过那样的一个世界到底在哪里。他们抚弄着手中的相纸，并对看上去像是固定在纸上的那些斑点和污渍大加赞赏。他们是否知道，汹涌的日光无时无刻不在从他们看到的事物中消退，并顺着他们脸上的孔洞倾泻进一片幽深的黑暗之中？如果说可见的世界在什么地方，那就在那片黑暗中的某个地方：一个被不可见的无垠之海拍打着的岛屿。

他是在清醒时告诉我这一切的。当他在取景时一边慢慢把自己灌醉，一边用他那破旧的相机捕捉来自平原的巨大光柱时，他又像是在自我嘲讽。我一开始就注意到，取景活动绝不会安排在阳光明媚的日子。当那些人成群结队地在郁郁葱葱的游廊和宽阔的私家车道上集合时，更远处的天空总显得异常阴沉。阳光可能会一直持续到下午稍晚时，天空中积聚越来越多躁动的乌云。选择在那样的一天取景的那个人，仍会劝说他的家人和宾客们，让他们继续享受依旧闲适的天气。接着，他便会把我拉到一旁，仿佛只有我懂得他的隐秘意图。

"那步步逼近的黑暗，"他指向已被云朵占据的半边天空说道，"就连平原这样巨大而明亮的地方也会被它从四面八方湮没。当我此刻凝视着这片土地时，它的每一寸光华都在渗入属于我的黑暗之中。但别人可能也在看着这片平原。那样的天气只是此刻围绕在我们周围的不可见之地的一个迹象。有人一直在看着我们和我们这片珍贵的土地。我们正消失进一只眼睛的黑洞之中，而我们甚至没有意识到它的存在。这个游戏我也能玩。我还有我的玩具——我的相机可以让事物隐形。"接着，他会笨拙地把相机对着我，问我是否想前往那个隐形的世界一探究竟。

到了傍晚时分，暴风雨已在人们头顶盘旋，围坐在拥挤的餐桌旁的人们正静静地从帐篷里望向最近的地平线（透过遮雨棚，地平线看上去近得匪夷所思），这时我的赞助人会抛下相机，背对着渐暗的日光斜靠在椅子上。他知道这场暴风雨，如同所有曾在平原上过境的暴风雨，很快便会过去，天黑之前大部分乌云都将消散，那时的天空将会变得晴朗而幽暗。但他会向我伸出一只手，仿佛他熟悉的那个平原再也看不到了似的，和我说着话。

"这颗脑袋，"有一次他低声念叨道，"多少肖像画曾以它为主题——你要仔细看它，但不是为了找出它怪异的外表本身有什么寓意。不。仔细查验它，是为了驳斥我们周遭那些虚假的平原人的谬论。你总把他们想得过于聪敏。只因为他们生活在平原地区，你就觉得他们能洞悉某些你仍在寻找的迹象。即便是他们中最有洞察力的人，那些几乎可以被看作有远见的人，也从未问过这样一个问题，即他们的平原究竟在哪里。

"我必须承认，哪怕是能洞察出我们整个下午都狂欢其中的那片平原，也够了不起了。但别被表象欺骗。我们今天看到的一切都无法脱离那黑暗而存在。

"听着。我已经闭上了眼睛。我快睡了。等你看见我不省人事时，把我的脑袋钻开。在我的头颅上利索地开一个洞。我喝了这么多酒，怎么钻都不怕。好好看一眼里面跳动着的苍白的大脑，撬出灰暗的脑叶，然后用高倍显微镜仔细观察。你不会看到平原的任何痕迹。我曾宣称自己看见的那片土地，它们早已消失。

"**大黑暗**。那便是我们的平原所在之处。但它们都好着呢，完好无损。在平原的远端——远到你我都无法靠近——那里的天气正在变幻。我们所有人头顶上方的天空正在淡去。另一片完全不同的平原正飘向我们自己的平原。我们正在一个眼睛形状的世界里旅行，而我们尚未见过那只眼睛所望向的其他地界。"

他的话总是戛然而止。我会和他一起坐着，喝着酒，等他接着说下去。但我的赞助人这时总会继续闭着眼睛，只叮嘱我，在他醉到不省人事后要帮他保持笔挺的身姿。

在那天早些时候，他曾拿着相机，仿佛自己只是在拍摄某个日渐昏暗的午后的印记。但我，也许还有其他少数人，知道我们的东道主从没想过要把照片拍成参加取景的人希望的样子。

聚会总安排在小溪边的阴凉岸举行。下午，他们会三五成群在可以眺望水面的地方休憩。即便是那些在离开人群有一定距离的地方散步的情侣，也始终会在能看到溪边茂密的树木和青草的地方徘徊。然而，没有哪张照片是以池塘或石滩为背景拍摄的。当我在几周后看着那些照片时，我在背景里找不到任何可辨认的地标。在一位陌生人看来，这些照片可能是在相距数英里的十几个地方里的任何一个拍的。

而那些被拍摄的人往往会发现照片和自己记忆中的午后场景大相径庭。一个在那天的大部分时间里都在追求着一个年轻女人的男人（按照平原地区的习俗，求爱有着漫长的过程，而他正经历其中的一个），可能在事后看到的是自己正孤身一人，非常显眼，照片里的他正望着远处的一群女人，甚至可能正望着一个他从未接近过的女人。

当天发生的事件并不存在重大篡改。所有那些照片如果说不是为了迷惑那少数几个在事后想要"看看自己"的人,似乎也是要迷惑那些在多年以后无意中发现这些照片的人,他们想要寻找能找到的最早的证据,以证实某些生活确实曾如它们实际发生的那样发生过。

如果这些人哪天翻开那些匆忙装裱起来、未经细加装饰的相册,哪怕是在多年以后,他们可能也会发现有些人的目光躲开了本该吸引他们的东西;某个焦虑的男人似乎在担心自己会被看作某个唯一可能容纳他的群体中的一员;另一个男人则和一群他在后来声称自己从未靠近过的人挤在一起。至于那些突兀事件的发生地,似乎很少是早年人们偏爱的那种风景所在的地方,这使得研究这类问题的人即使不得出平原上某些受人喜爱的地点早已消失的结论,至少也会慎重考虑过去的一些观念的怪异之处。

我常常会想,若干年后,人们会怎么看待我自己在那些取景活动中留下的那一点微不足道的痕迹。有些下午,我的注意力几乎都在我赞助人的长孙女身上,观察着她在礼貌地倾听朋友们的闲聊时脸上情绪的流动变化,而那时她的注意力几乎都在不远处的平原上,观察着平原上的微风和云影的流动变化。她的祖父总示意我去看一群要么是著名的肖像画的模特,要么是某些小说的人物原型的女人,而她们那时显然没有注意到自己周遭的平原上有任何值得观察的变化。我会顺着赞助人指的方向望去，或和那些女人一起装作像是沉浸在某种无声的对话或某个心照不宣的秘密中，因此我也成了在多年后会让任何对这样的对话或秘密感到好奇的人看到后疑惑不解的那些小团体的一员。

在平原上那些不起眼的地方，我和彼时的同伴们并未从那势渐衰微的阳光中获得任何持久的安慰。然而，我们暂时搁置了疑虑，尽管有些人可能并非有意为之，但我们仍一起合谋显得像是掌握了一个秘密，一个至少能解开彼时彼地的谜团的秘密。而我看上去像是对某件事极有把握的样子，将在多年后成为我永远不会了解的某些人感到疑虑的又一个原因。

当那些人在某些排列凌乱的褪色照片上看到那样的一些迹象，表明在平原上某个永远也看不出到底是哪里的地方，曾有一群组合在一起显得很奇怪的人，他们从不曾以对这类事的洞见而闻名，却共同怀着某种确信，并曾因某个发现而一起微笑、低语，甚至曾凝视并指向彼时让他们感到满足的某个迹象时——那些人除了进一步怀疑自己对事物的把握，还能做何反应？

让他们感到疑虑的，不只是那群人表现出的那种仿佛自己确信某件他们无法确信的事的样子。参与拍摄的那些人中，有许多会欣然承认，自己只在旧插图里见到过能让他们感到心满意足的那种天气或地貌，但他们在参与拍摄时，会表现得仿佛自己望向的镜头外的那片景色所带来的那种满足，是那些多年后的人只能从老照片中获得的。

在参与拍摄的人里，有些人同意做出平常不会做的姿势，或假装对某些平常不会吸引他们的东西感兴趣，来配合摄影师。另一些人则是以面对谣言或玩笑时的那种姿态去配合摄影师。我自己已习惯了我的赞助人把一部空相机塞进我手中，让我做出一副仿佛是在拍摄不远处的某个人物或景色的样子。

*

在参加取景的人里，很少有人能记得，我最初是作为电影剧本的写作者被这家人聘请的。而这些人中，会去参加所谓的年度启示会的人就更少了——那是我按要求展示或描述自己近期项目亮点的年度活动。

由于我已很久没有参加过府上为其他门客举办的这类活动，我不好说自己的活动是否已经成了这类活动中参加人数最少的一个。那些真的来参加我活动的人，似乎并不在意会客厅里稀稀落落的座位，当他们漫步到游廊上时，也不在意自己的声音会被蟋蟀和青蛙的喧嚣声盖过。在活动开头的几个小时里，在黄昏与午夜之间，他们围坐在一起吃喝，并表现出一个有身份和品味的上流人士该有的样子：这一小帮人并没有遗忘那位隐退在图书馆角落的孤僻学者，有一天当他的启示会已成为传奇时，他们可以夸耀自己曾全程参与了他最早的启示活动。到了午夜时分，当真正的启示会要开始时——这时女人们会被请离场，让人坐着不舒服的传统高背椅会被摆放到半圆形的桌子旁，桌上摆着一个又一个醒酒器，装着威士忌的大号长方体厚水晶杯纷纷在桌上投下阴影——听众展现出的那种热情会超过仅是出于礼貌所需的程度。在他们热切地等待开场时，仆人们会把门锁上，把专为这种场合准备的双层紫色窗帘拉上，然后爬上梯子，用一卷卷总能发出那种唤起人愉快记忆的清脆声响的"启示纸"，封上窗帘和墙壁之间的缝隙。

我相信自己有几次几乎满足了他们的期待。我让他们始终保持着倾听，即便其中有一位男士违反了活动精神，偷偷在口袋里藏了一块表，即便是这位男士，在他最后一次偷瞄手表时，也会感到一阵意外的欣喜。当我在没人注意到的情况下拉动铃绳，在远处的凹室里待命的仆人们在收到这隐蔽的信号后悄悄走进房间，然后猛的一下拉开巨大的窗帘时，我总能从听众席传来的轻声惊呼中寻得某种慰藉。看着他们被突如其来的强烈光线照得眼花缭乱，跌跌撞撞地走向窗边，并在见到窗外延伸向平原的草坪和绿地后大概是真切地吃了一惊，我知道自己已经达到了某种启示的效果。我同时知道，我尚未达到文献中曾清楚描绘的那种启示效果。

我的问题在于总无法安排好自己的主题——那些

我每次都会滔滔不绝地至少讲上半天的论点、故事和解释——使它能以某个启示收尾,而这个启示将能以某种方式或是强调,或是比照,或是预示,或者甚至像是彻底推翻了窗外那片突然暴露在出人意料的光线下的土地上的、那些不那么重要的启示。我不能抱怨说,自己缺少其他领薪水的门客——那些剧作家、玩具制造商、织工、幻象师、室内园艺师、音乐家、金属加工师、鸟舍与水族管理员、诗人、木偶师、歌手和朗诵家,不切实际的服装设计师和模型制作师,赛马史学者、小丑、曼荼罗和曼怛罗的收藏者,没有结果的棋盘游戏的发明者,以及其他能够运用除文字以外的诸多手段来实现他们想要的效果的人——所具备的优势。因为我自己在府上生活的头几年里,曾有充分的条件去准备并展示我所能设想出的任何电影。是我自己决定在最初的几次启示会上以这样一种方式站在听众面前:背靠着一片空白的屏幕,面对着从光线暗淡的房间角落里指向我的空白投影仪,就这样讲上十六个小时,讲述只有我自己能诠释的风景。那时我觉得,当窗帘拉开,露出窗外早已不知不觉步入午后的大地,会有一两位听众在他们眼前的平原上看见他们曾一直想要探索的某个地方。在后来的几年中,当我站在愈发冷清的听众面前,房间依旧昏暗,那空白的屏幕已不复存在——那屏幕本将让他们联想到,我所竭力阐明的风景和形象也许很快就能通过他们自己国度的景色和人物被加以表现——这时我开始怀疑,即便是我最专注的那几位听众,可能也只获得了那样的启示,即我数小时的推想性论述只不过是让平原的外表看上去再一次显得更有希望些罢了。

每年总有一些时候,我会好奇,我的追随者们怎么还没有完全绝迹。即便是在这座图书馆最深处的一些房间里,在东北翼楼的三楼,隔着照不到傍晚阳光并在黄昏时常会有成群蝙蝠飞过的庭院,我有时也会听到一声(并总是不出所料地在间隔一段时间后会有第二声)热烈的喝彩声,那是献给某位门客的喝彩,标志着他的启示会达到了双重高潮。而他在结尾时达到的成就是,通过与他独有的技艺相对应的难以把握的媒介,揭示出与不久后会被突兀地拉开的窗帘背后显露出的那片大地看似矛盾却会进一步深化其内涵的关于平原的某个细节。

门客们是如此之多,他们的工作室遍布在专为他们保留的几栋翼楼里,有的甚至遍及最远的草坪和最近的山丘之间的林荫小屋里,以至于我几乎每周都会听到这样的喝彩声,献给一个又一个永恒变幻的关于平原的主题报告。即便是听众中最热心的学者和赞助人,也无法参加所有这样的活动。每年轮到我做报告时,我都会期待那天府上的人在整日整夜的饮酒和观看报告的活动中已筋疲力尽并提早休息了,同时期待没有一辆车从邻近的庄园里驶来,这样我便能效仿我曾偶有耳闻的某些门客,他们每年从自己僻静的角落里现身,面对着空荡荡的房间和塞上了塞子的醒酒器汇报他们的启示。我常常盼望着那一刻，当仆人们毕恭毕敬地拉开窗帘，露出窗外的平原时，在那寂静的房间里，我会站在空无一人的观众席的中心位置望向平原。但每年都会保留下几个来自上一年的听众，另外还会有几个新听众来一探究竟，他们甚至可能喜欢我甚于喜欢某位声名显赫的门客，在我喝着威士忌一言不发地主持着的那张桌子旁，人们也在谈论着那人即将举行的启示会。

平原人之所以对我还有一丝残留的兴趣，可能不过是因为他们普遍偏爱默默无闻之人胜过声名显赫之人：他们的一大软肋便是对不被看好或不为人知的事物抱有极大期待。尽管我并未刻意打听，可后来还是了解到，有一小群人将我视作一位极有潜力的电影制作人。我最初得知此事时，本打算回应说，我那满柜子的剧本笔记和草稿可能永远都无法拍成足以展现平原面貌的影片。我几乎已经决定称自己为诗人或小说家、庭院设计师、纪实作家、布景师，或者其他在平原上蓬勃发展的众多文学实践行当中的一员。然而，假如我真的宣布这一职业变动，我可能会失去仅有的几个仍敬重我的人的支持。尽管平原人普遍认为写作是一切技艺中最有价值的，是最能解答笼罩在平原的每一寸土地上的千千万万个疑问的技艺，但只要我哪怕沾一点作家名头的光，即使是那些推崇写作的人也会弃我而去。因为我最真心的敬仰者们也知道，平原人对电影没什么兴趣，而且经常听到这样的说法，即镜头只是把平原最无关紧要的品质——其在肉眼看来的颜色和形状——放大了。我的那些追随者大抵都持有这种对电影功用的怀疑，因为他们从未对我流露出任何相信我有一天能拍出惊世骇俗之作的意思。他们所赞许的，是我对使用拍摄镜头和投影仪所表现出的那种明显的不乐意，以及我能耗费多年时间去创作并修改那些旨在向想象中的观众展现尚未为人所见的画面的笔记。这些人中有几位甚至表示，我的研究越是偏离我宣称的目标，或者我的笔记看上去越是不可能拍成电影，我就越能作为一位独特风景的探索者得到肯定。如果说这一观点看起来更像是把我归类为作家而非电影制作人，那也不会让我忠诚的追随者们感到有什么不妥。因为正是他们那看似矛盾的观点，让他们所相信的那件事变得合理，即我所从事的工作是一切写作形式中要求最高也最值得称颂的那种——通过尝试另一项完全不同的工作，从而接近达到定义有关平原的无法定义之事的目的。对这些人来说，我继续称呼自己为电影制作人，并且偶尔出现在年度启示会上，背对着一个空白屏幕，谈论那些我尚未展现出来的画面，这一切都正合他们的心意。因为这些人相信，我越是努力描绘哪怕是一种独特的风景——一种光线和表象的排列组合，试图揭示我确信在某个平原上存在的某个时刻——我就越会迷失在各种各样的文字中，而这些文字背后没有任何已知的平原。

在我的工作经常被赞助人对取景活动的喜爱打断

的那些年,我的支持者中可能有这么一小部分人,他们有时会刻意提到一位被人忽视的电影制作人,说他正隐居在图书馆的一角准备自己的伟大作品。当见到我拿着一部空相机对着某个再日常不过的景观时,他们或许是最不容易上当的那部分人。也许他们会感到自己有义务发表一些评论,说镜头和光波之类的东西与我创作那些还没有人见过的画面无关。他们常常会混入参与取景的人群,去看那个常年坐在寂静的图书馆最无人问津的房间里并紧闭窗帘的男人,如何假装自己热衷于记录某个平凡下午的某个瞬间的光影游戏。

我很少会去想,当我笨拙地握着某部过时的相机,并听话地望向什么也没有的前方时,那些面带微笑看着我的人是怎么看待我的。我更在意的是那些有一天可能会在我赞助人凌乱的相册里看到那些带有欺骗性的照片的人,他们会觉得我正凝视着某个重要的东西。就连极少数曾听说过或读到过我为寻找一处合心意的风景所做的努力的人,可能也会觉得,我的目光有时也超不出周围的局限。后来的人没有任何线索能得知我望向何方。那地方并不在取景的镜头里,而所取的景是由同样不在镜头里的一个人布置的。但谁看了都可能觉得,我认识到了我所望见之物的意义。

因此,在那些日渐昏暗的下午,在那些风景似乎更多是被人用手指着而非加以观察的取景活动中,每当我手中的相机让我想到多年后某个会认为我比其他人看得更深远的年轻女人时,我总会让我的赞助人记录下这样一个瞬间:我会把自己那部相机举到我脸的高度,然后站着,一只眼睛贴在镜头前,一根手指悬在快门上,仿佛正准备用漆黑的胶卷仓里的胶卷记录下我在自身之外所见之物的唯一可见迹象,一片黑暗。

图书在版编目（CIP）数据

平原 /（澳）杰拉尔德·默南著；陈正宇译. -- 北京：北京联合出版公司, 2025. 2. -- ISBN 978-7-5596-8099-0（2025.3 重印）

Ⅰ. I611.45

中国国家版本馆 CIP 数据核字第 2024LP2200 号

THE PLAINS
Copyright © 1982 by Gerald Murnane
Introduction copyright © Ben Lerner 2017
Published by arrangement with The Text Publishing Company Pty Ltd., through The Grayhawk Agency Ltd.
Simplified Chinese edition copyright © 2025 by Ginkgo (Shanghai) Book Co., Ltd.
All rights reserved.

本书中文版权归属银杏树下（上海）图书有限责任公司。
北京市版权局著作权合同登记号　图字：01-2024-5526

平原

著　　者：[澳大利亚] 杰拉尔德·默南
译　　者：陈正宇
出 品 人：赵红仕
选题策划：后浪出版公司
出版统筹：吴兴元
编辑统筹：朱　岳　梅天明
特约编辑：陈志炜
责任编辑：夏应鹏
营销推广：ONEBOOK
装帧设计：李　扬
装帧制造：墨白空间

北京联合出版公司出版
（北京市西城区德外大街 83 号楼 9 层　100088）
北京盛通印刷股份有限公司印刷　新华书店经销
字数 68 千字　880 毫米 ×1092 毫米　1/32　4 印张
2025 年 2 月第 1 版　2025 年 3 月第 2 次印刷
ISBN 978-7-5596-8099-0
定价：60.00 元

后浪出版咨询(北京)有限责任公司　版权所有，侵权必究
投诉信箱：editor@hinabook.com　fawu@hinabook.com
未经书面许可，不得以任何方式转载、复制、翻印本书部分或全部内容。
本书若有印、装质量问题，请与本公司联系调换，电话 010-64072833